長編小説

まかせて人妻

草凪 優

目次

※この作品は竹書房文庫のために
書き下ろされたものです。

第一章　イイことしない

1

糸を引くようなディープキスだった。

半開きの唇を重ねあい、うっとりした表情で舌を吸いあっている。キスをしているのは、セーラー服と詰め襟《えり》の高校生カップルだった。真っ昼間の公園のベンチで、人目も憚《はばか》らずイチャイチャがとまらない。

キミたちは正しい！　このくだらない世の中で大切なのは愛しあうことだけ――そんなふうに温かく見守ってやることは、とてもできなかった。

桜庭《さくらば》拓海《たくみ》は隣のベンチに腰をおろすと、揚げ物ばかりがてんこ盛りの激安弁当の包みを開け、猛然と食べはじめた。ペットボトルの烏龍茶《ウーロン》をゴクゴク飲んでは、早食い選手権に出るような勢いでメンチカツや揚げシュウマイにかぶりつき、ごはんをかき込んでいく。

眼を剝《む》き、鼻息を荒げ、すさまじい形相をしていたはずだ。高校生カップルは、見てはいけないものを見てしまったように身をすくめ、そそくさとその場から立ち去っていった。それでいい。キミたちが放つキラキラした光線は眼の毒だ。青春を謳歌《おうか》したいなら、せめて俺の眼の届かないところでやってくれ。

拓海は絶望していた。

失業保険の給付が、今月でついに終わる。無職でも、保険があるうちはまだ余裕があったけれど、これで完全に尻に火がついた。さっさと次の仕事を見つけなければ、アパートの家賃が払えなくなる。

拓海は二十歳《はたち》。先ほどまで隣のベンチにいた高校生のように、制服に身を包んでいたころは、夢も希望もあった。料理が好きだったので、コックになって自分の店をもちたかった。高校卒業後には、迷うことなくイタリアンレストランで修業を始めた。おしゃれな街にある隠れ家的な名店だ。三十代の若きオーナーシェフがイケメンということもあり、メディアによく露出していた。客は富裕層ばかりで、芸能人の姿もチラホラ見えた。

そんな店にもかかわらず、一歩中に入るといじめがすごかった。

そもそも、料理人の世界は体育会系のノリなので、先輩の言うことには絶対服従。文句を口にすることはおろか、不満を態度に出しただけで、鉄拳制裁の憂《う》き目に遭《あ》う。

料理学校に通っていたわけではない拓海のようなド素人は、朝から晩まで怒鳴られっぱなしで、もともと卑屈だった性格が輪をかけて卑屈になってしまった。

それでも一年間は辛抱した。石の上にも三年という言葉通り、三年間はなにがあっても耐え抜こうと思っていたのだが、無理だった。

しかし、辞めたら辞めたで、逃げてしまった自分を責めることになった。理屈では、いじめのある職場など離れたほうがいいとわかっていても、それを耐え抜いた先輩もいるのだと思うと、自分はなんてダメな人間だろうと思わずにはいられなかった。

次の職場を探す気力もわいてこないまま、日がな一日自宅のボロアパートでゴロゴロして過ごした。金もない、仕事もない、女もいない。あるのは若さと健康だけ。いっそ若さと健康が憎かった。絶望していても腹だけは減る。

「……ふうっ」

弁当を食べおえると、図ったようなタイミングで電話が鳴った。
中垣千奈《なかがきちな》——七つ年上のいとこだった。珍しいこともあるものだ。近所に住んでいるらしいのだが、二年前に彼女が結婚してからは、ぱったり交流がなくなった。それでよかった。拓海にとって千奈は初恋の相手であり、いまでも憧れの気持ちを抱いている。他の男と結婚し、デレデレしているところなど見たくなかった。

「……もしもし」

電話に出た。

「あー、拓海。いまどこ？　家？」

千奈の声音《こわね》は、会わなかった二年間などなかったように明るかった。

「なんだよいきなり……」

相変わらずだな、と拓海は呆れた。昔から、千奈は異常にマイペースで、こちらの都合などまるで考えない。

「あんた、いま失業中で暇なんでしょ？」

「えっ？　まあね……」

直接会っていなくても親戚である。どこからか話を聞いたのだろう。

「暇ならちょっとうちまで来てよ。話があるから」

「うちまでって……」

しどろもどろになってしまう。千奈が男と暮らしている家になど、できることなら行きたくない。

「いや、その……話があるならさ、外で会わない？」

「いいから来て！　三十分以内に！　場所は……」

千奈は早口で自宅の場所を告げると、一方的に電話を切った。

2

千奈は気性の激しい女だった。

大人になるに従っておしとやかになっていったものの、中学生ぐらいまでは手のつけられないお転婆《てんば》で、拓海はよく泣かされていた。先ほどの電話は、まるでそのころに戻ってしまったかのようだった。

少しドキドキする。

千奈は背の高い美人で、そういう年上の女にドSっぽく振る舞われるのが、拓海は嫌いではなかった。なにしろ子供のころからの付き合いなので、ドSが好きだから千奈が好きなのか、千奈が好きだからドSに惹《ひ》かれるようになったのか、いまとなってはよくわからないが……。

千奈の自宅は、パステルブルーの外壁をもつ瀟洒《しょうしゃ》なハイツだった。いかにも新婚カップルが好みそうな、甘い雰囲気が漂っていた。

「意外に早かったのね」

呼び鈴を押すと、千奈が顔を出した。あきらかに表情が硬かった。しかも、フィットネスジムで着るような黒いスポーツウエアに身を包んでいる。体の線が露骨に出ているので、一瞬、眼のやり場に困った。

結婚式に参列して以来だから、二年ぶりの再会ということになる。どこがどうと具体的には言えないが、ずいぶん色っぽくなった気がする。これが人妻の色気なのか、と複雑な気分がこみあげてくる。

「なにぼんやりしてるのよ。さっさとあがって……」

「あっ、うん……」

玄関扉を大きく開けると、拓海は絶句してしまった。玄関はリビングに面していた。千奈はとてもきれい好きなはずなのに、めちゃくちゃに散らかっていたのだ。足の踏み場もないほど物が乱雑に散らかった中、服の山が三つもできていた。

「だ、断捨離《だんしゃり》中？」

おずおずと靴を脱いであがっていく。

「まー、そんなところ」

千奈は歌うように言い、

「とりあえず、片付けを手伝ってくれない。話は作業しながらするから」

ゴミ用の巨大なビニール袋を手渡してきた。

「そこにある服の山、全部ゴミ袋につめて」

「いいですけどね……」

一般的に、女は男が足元にも及ばないほど衣装持ちだが、千奈の場合は輪をかけてワードローブが多かった。

おしゃれなのだ。スタイルがいいから、どんな奇抜な服でも着こなしてしまう。それでいて、仕事はフリーランスの家政婦というのが格好いい。ファッションモデルのような格好で掃除や洗濯にやってくる千奈を見て、唖然とするお客さんもいるらしいが、仕事が完璧なので二度驚かれるという。

「あんた、次の仕事決まってないんでしょ？」

千奈がトランクに服をつめながら訊ねてくる。そちらは、捨てない服なのだろう。

「決めるよ、そろそろ……」

拓海は服の山から何着かつまみあげ、ゴミ袋に放りこんでいく。ミニスカートの裏地が見えたりするのは、役得だろう。この裏地が、千奈のお尻にぴったりとくっついていたのか……。

「また料理の仕事？」

「……どうだろうね」

「わたしの仕事、引き継がない？」

「はっ？」

「家政夫よ。あんた向いてると思うのよね」

「まさか、家政夫なんて……」

拓海は苦笑した。

「考えたこともなかったな……ってゆーか、千奈姉《ねえ》はどうするの？　家政婦を辞めちゃうわけ？　けっこう儲かってるんじゃ……」

言葉が途切れた。服の山から白い服が出てきたからである。ウエディングドレスだった。裁縫が得意な千奈は自作したのだが、あまりの出来映えのよさに、結婚式に参列した友人知人から注文が殺到したらしい。

「なんだよ、これ。ウエディングドレス、捨てちゃうの？」

たしかに、結婚式以外で着る機会のないものではある。しかし、神様の前で永遠の愛を誓った服なのだから、普通は一生大事に保管しておくのでは……。

「離婚するのよ」

「えっ？」

「わたし、離婚することにしたの」

「りっ、理由は……」

黙って睨《にら》まれた。おまえごときに理由を説明する必要はない、と千奈の顔には書いてあった。

「で、気分を変えるために、明日からヨーロッパ一周の旅に出かけるわけ。無期限でね。それで家政婦の顧客に連絡したのよ。私事で恐縮ですが、仕事を続けられなくなりましたって。そうしたらさ、辞めないでくれとか、せめて他の家政婦を紹介してくれって、けっこう言われたのよね」

「それで、僕に引き継げと……」

「そう！」

千奈は作業の手をとめて、拓海に近づいてきた。双肩をつかまれ、息のかかりそうな距離で見つめられる。

「キミならできる。頑張れば頑張るだけ感謝されるし、やり甲斐のある仕事よ。報酬だって、レストランの下働きよりいいと思うし」

「むっ、無理でしょ……」

拓海はこわばった顔を左右に振った。

「千奈姉ぇの後を継ぐなんて、僕なんかじゃとても……」

彼女は家政婦業界ではわりと知られた存在で、カリスマ家政婦として雑誌に取りあげられることもしばしばなのだ。

「やってみる前から無理だなんて、男の言うことじゃないぞ」

千奈はニヤリと笑って、頬を撫でてきた。拓海は震えあがった。逆らったらビンタを飛ばすという合図である。

「コツを教えてあげる。ものすごく簡単。いい？　いまからわたしになにを言われても、全部『おまかせください』って答えなさい」

意味がわからなかった。

「じゃあ、いくよ——排水溝が詰まってるの、きれいにしていただけない？」

「……お、おまかせください」

「もっと早くっ！」

キッと眼を吊りあげて睨まれた。

「条件反射で、パッと答えなきゃダメ……今日はね、水まわりを念入りにお掃除しておいていただけるかしら」

「おまかせください」

「元気がないっ！」

ピシッ、と頬を叩かれた。痛くはなかったが、千奈の怒りの形相が怖すぎる。だが、拓海は怖い千奈が好きなのだ。怒られるとぞくぞくしてしまう。家政夫をやる気などまったくないのに、次第にペースに巻きこまれていく。

「ペットの犬が脱走したの。探してきて」

「無理でしょ、そんなの……」

ハーッと、千奈が手のひらに息を吹きかける。

「おっ、おまかせくださいっ！」

拓海は声を張った。反射的に気をつけをしてしまったのは、レストラン時代の名残だった。かつての職場では、怒られて背筋を丸めていると、グーパンチが飛んできた。

「そうよ。それでいいのよ。できるかできないか考えちゃダメ。どうやってやるかは、『おまかせください』って答えてからでいいの。この口が言っていいのは、ただそれだけ」

「ううう……」

口を指でつままれ、拓海はうめいた。脱走犬の捜索なんて、家政夫ではなく保健所の仕事ではないのか。

「庭の雑草、今日中に全部抜いておいて」

「おまかせくださいっ！」

「扇風機が埃《ほこり》だらけなの、きれいにして」

「おまかせくださいっ！」

「ダンナが魚を釣ってきたけど、おろせないから代わりにやって」

「おまかせくださいっ！」

「エアコンが壊れちゃった、いますぐ直して」

「おまかせくださいっ！」

「娘が明日からテストなの、勉強見てやってくれない？」

「おまかせくださいっ！」

できるわけないような事項も含まれていたが、拓海は次第に、おまかせくださいと叫ぶことが気持ちよくなってきた。

「わかったわね」

千奈が甘い声でささやいてくる。

「おまかせくださいさえ言えれば、あんたは明日からでも家政夫の仕事ができる。わたしの代わりに、やってくれるわよね？」

「おまかせくださいっ！」

拓海は反射的に叫んでしまった。ほとんど催眠術にかかったようなものだった。

「その代わり……」

千奈が両手で双頬を挟んでくる。

「きちんとわたしの代わりが務まったら、ご褒美をあげる」

「ごっ、ご褒美……」

「あんたがほしいもの、なーんでもあげる。わたし、お金持ちになる予定なのよ。いい弁護士さん雇ったから、離婚の慰謝料がっぽりとってやるの」

「ほっ、本当に……なんでも？」

千奈が微笑を浮かべてうなずく。

拓海の体は震えだした。お金で買えるものなど、なにも欲しくはなかった。しかし、なんでも言うことをきいてくれるのなら、抱かせてほしい。千奈はもうすぐ独身に戻る。愛しあう障害はなにもない。

いや……。

さすがに愛しあうことは無理かもしれないが、一回くらい抱かせてもらうことはできないだろうか。拓海はセックスの経験がなかった。二十年間守りつづけた清らかな童貞を、千奈にいただいてもらうわけには……。

3

翌日──。

拓海は高層マンションのエントランスにいた。

時刻は午後一時、千奈は無事、機上の人になっただろうか。見送りに行くといったのだが、

「明日から週末でしょう。土日は家政夫のかき入れ時だから、早速仕事にかかってちょうだい」

と命じられた。もちろん、拓海の答えは「おまかせくださいっ！」である。

インターフォンの前に立ち、顧客の部屋の番号を押す。エントランスの扉が開き、エレベーターに乗りこんでいく。

この期《ご》に及んでも、拓海にはまだ家政夫になった実感がなかった。

なるほど、家事は苦手ではない。両親共働きの家で育ったので、掃除でも洗濯でも料理でも、子供のころからやっていた。うまくできると両親が褒めてくれるので、それが励みとなり、もともと凝《こ》り性だったこともあって、中学生のころには業務用の洗剤を使って掃除をし、洗濯だってクリーニング店に出したようなクオリティで仕上げることができるようになった。料理の腕は言わずもがなで、プロを目指すほどだったのである。

それでも自信はない。自宅で家事に励むのと、仕事としてお金を貰うのには、雲泥《うんでい》の差があるような気がする。料理だってそうだった。拓海のつくる料理を、両親はうまいうまいと食べてくれたが、就職したレストランでつくったまかないを褒められたことは一度もない。

しかも……。

これから訪れる顧客は、かなり気難しい相手のようなので、内心でビビリがとまらなかった。

なんでも、超有名企業に勤めているキャリアウーマンなのだそうだ。そういうタイプが家事が苦手なのはよくある話かもしれないが、性格が屈折しているような気がしてならない。外面《そとづら》がいい人間ほど、楽屋裏では横柄《おうへい》なのが世の習い。以前勤めていたレストランのオーナーシェフがそうだった。メディアでは天才と祭りあげられていても人望はゼロ。彼に使われている人間で、彼を心から尊敬している人間なんてただのひとりもいなかったのではないか。

顧客の部屋の呼び鈴を鳴らすと、しばらくして扉が開いた。

平川綾音《ひらかわあやね》、三十歳。

「す、すいません。自分、中垣千奈の代理で家政夫をすることになった、桜庭拓海と申します……」

ドキドキしながら頭をさげる。初めての仕事という緊張感もあったが、綾音が予想を超える美人だったので驚いた。

一瞬、女子アナが出てきたかと思った。千奈が洋風の美人だとすれば、和風美人ということになるだろうか。長い黒髪に色白の細面《ほそおもて》。睫毛《まつげ》の長い切れ長の眼が涼やかだ。これから仕事なのか、ぴったりした紺色のタイトスーツを身にまとっている。上品なフォーマルウエアなのに、妙にエロティックな雰囲気が漂っているのは、横乳が砲弾状に迫《せ》りだしているからであろう。

「ふうん、あなたが千奈ちゃんの代理……」

綾音はニコリともせずに、値踏みするような眼で拓海を見てきた。エリート臭をぷんぷん振りまく嫌な感じの眼つきだったが、相手は顧客である。笑顔で対応しなければならない。

「代理で申し訳ございませんが、精いっぱい頑張らせていただきます。よろしくお願いします」

「まあ、どうぞ。あがってちょうだい……」

「お邪魔いたします」

拓海は靴を脱いであがった。綾音は掃除が極端に苦手らしく、週に一回の契約で千奈は通っていたらしい。炊事や洗濯をしなくていいのは助かるが、とにかく綾音というキャラクターがややこしそうだ。

「失礼します……」

廊下を抜けてリビングに入っていく。まるでドラマのセットのようにおしゃれな空間がひろがっていたが、ごく一部だけ濃厚な生活感が漂っていた。

テレビの前のソファに、ジャージ姿でボサボサの髪をした薄汚い中年男が寝転んでいた。夫だろうか。結婚しているという話は、千奈から聞いていたが……。

「ちょっとっ！」

綾音が男に声をかける。

「家政夫さん来たから、どっかで時間潰してきて。わたしもこれから、会社に顔出さなきゃいけないから」

「週末なのにご苦労なことで……」

男は四十歳前後だろうか。異様に覇気のない感じで、ダルそうに体を起こすと、綾音に近づいていき、手のひらを差しだした。

「パチンコ行くから軍資金」

綾音は拓海の視線を気にしてバツが悪そうに美貌を歪めたが、バッグから財布を取りだし、男の手のひらに一万円札を載せた。いまにも舌打ちしそうな顔をしていた。

男は逆にホクホク顔で、

「ハハッ、今日は羽振りがいいねえ」

ご機嫌に玄関に向かっていった。鼻歌でも歌いだしそうだった。

夫はヒモ状態なのだろうか？

どうにもそんな雰囲気だったが、他人の家庭の事情を詮索してはならない。拓海の仕事は家政夫だ。顧客のプライヴェートをのぞき見られる立場にいるからこそ、見て見ぬふりが肝要なのである。

「千奈ちゃんから聞いてると思うけど……」

綾音が声をかけてきた。

「とにかく掃除だけをきっちりお願い。うちはふたりとも、掃除が大嫌いでね。でもわたしは、いつもピカピカの部屋で暮らしていたいの」

「おまかせくださいっ！」

拓海が気をつけをして声を張ると、

「元気がいいのね」

綾音は苦笑しつつ部屋を出ていった。後ろ姿が色っぽかった。全体はすらりとしているのに、お尻や太腿《ふともも》には女らしい量感がある。あんなヒモじみた夫でも、夫婦生活はきちんと営んでいるのだろうか。むしろ、あんな男でも叩きだされないということは、夜のほうがすごいのでは……。

ダメだ、ダメだ。

よけいなことを考えていてはいけない。制限時間は四時間である。午後五時までに、部屋中をピカピカに磨きあげなければならない。綾音に失望されれば、千奈に連絡が行くだろう。初日から、国際電話越しに怒鳴られるような展開は避けなければならない。

「とりあえずゴミをまとめるか……」

ビニール袋を片手に、各部屋をまわった。間取りは3LDK。どの部屋もめちゃくちゃに散らかっているというわけではなかったが、薄汚れていた。埃っぽくて、空気が悪かった。あの美しいキャリアウーマンの住処《すみか》として、似つかわしくない。

「……んっ？」

洗面所の扉を開けると、あるものが眼に飛びこんできた。洗濯機である。洗濯はしなくてもいいらしいが、その横にはランドリーラックがあった。ワイヤーボックス式なので、中身が見えている。春の花畑のようにカラフルな……。

下着だった。

綾音が着けていた使用済みのランジェリーに間違いない。

拓海は動けなくなった。

もちろん、それは見てはいけないものだ。見てはいけないものが眼に入っても見なかったことにするのは、家政夫の務めである。

だが、気になる。

あの美しい人妻キャリアウーマンが、どんな下着を着けているのか……。

気がつけば、一枚つまみあげていた。黒いショーツだった。それがショーツだとわかるまで、数秒を要した。小さすぎたからだ。ほとんど紐《ひも》で、布の面積が極端に少ない。

しかも、透けている。股間の前を隠すと思われる部分が、ストッキングのような生地《きじ》でできている。

ごくりと生唾《なまつば》を呑みこんでしまう。いくら大人の女とはいえ、このランジェリーはいやらしすぎるのではないだろうか。草むらがスケスケなだけではなく、横も後ろも紐なのだ。はっきりいって、お尻が丸出しである。こんなものを穿いていたって、心細くてしようがないのでは……。

スケスケの生地をひっくり返すと、白い股布が姿を現した。シミがついていないか凝視してしまう。よくわからないが、くっきりと縦皺《たてじわ》が刻まれている。

これは綾音の、もっとも大事な部分に密着している布である。ということはつまり、この縦皺が、彼女のもっとも大事な部分の形状と同じなのでは……。

4

「お帰りなさい」

玄関扉が開く音がしたので、拓海は声をあげた。時刻は午後四時三十分。帰ってきたのは、綾音だった。夫のほうだと気まずいことになりそうだったので、安堵《あんど》の胸を撫で下ろす。

「どう？　もう終わった」

綾音が訊ねてくる。

「はい。あとはここだけです」

キッチンシンクを磨きながら、拓海は答えた。

「いちおう、各部屋を確認してもらっていいですか？」

「はいはい」

仕事で嫌なことでもあったのかもしれない。綾音の顔には疲労が色濃く滲《にじ》んでいたが、戻ってくると別人のように晴れやかな顔になっていた。

「すごいじゃない。細かいところまで行き届いてるわね。どの部屋のフローリングも、ピッカピカだし」

「いやー、初めてなんで一生懸命やっただけです」

「これなら千奈ちゃんと遜色《そんしょく》ないわ。うん、掃除したばかりの部屋って、空気もきれいで気持ちいい」

言いながら、綾音は冷蔵庫から缶ビールを取りだした。

「空気がいいと、一杯飲みたくなっちゃうのよね。お行儀悪いけど……」

その場でプルトップを開け、立ったまま缶ビールに口をつけた。美貌のキャリアウーマンには似合わない所作だったが、機嫌がいいことがひしひし伝わってきたので、拓海は嬉しくなった。美女の笑顔が、慣れない仕事の疲れを吹き飛ばしてくれた。

洗面所でよけいなことをしなくて本当によかった。

勃起したペニスを鎮《しず》めるのは大変な作業だったが、顧客に感謝されることこそ家政夫の本懐。あのときオナニーなんてしていたら、綾音の顔をまともに見られなかっただろう。

「まだ時間ありますから、なにかおつまみでもつくりましょうか？」

「へええ、あなた料理もできるの？」

「いちおう、ひと通り……」

「じゃあ、お願いしようかな。あー、気分いい。やっぱり、自分のおうちがきれいなのに、勝る幸せってないわねー」

綾音は伸びをしながら窓辺のテーブルに移動した。アンティークふうの金属製のテーブルセットで、タイトスーツ姿の綾音が椅子に座って脚を組むと、絵になった。窓の外はそろそろ夕焼け。まるで、ニューヨークを舞台にしたキャリアウーマンのドラマでも見ているようである。

拓海は冷蔵庫と食品棚をチェックし、オイルサーディンのグリルをつくった。みじん切りにしたタマネギを載せ、缶ごと火にかけるだけの簡単な料理だが、ビールのおつまみには最適だ。味は塩コショウ、お好みでマヨネーズ。

「すごい、おいしい」

ひと口食べると、綾音は眼を丸くした。

「なんだか、気の利いたバーで出てくるみたいじゃない？」

「いやあ、超簡単なんですよ」

謙遜《けんそん》しながらも、拓海は内心で小躍りしていた。こんなふうに、人に喜んでもらいたくて、料理の道に進んだのだ。レストランではそれが叶《かな》わなかったが、やはり、せっかく汗水流すのなら人に感謝される仕事がしたい。ということは、千奈の言うとおり、家政夫の仕事は向いているのかもしれない。

しかし、その数秒後、和《なご》やかな雰囲気が一変する。

スマートフォンがメールの着信音を鳴らし、それを確認するなり、綾音の表情が変わったのだ。アルコールでほのかなピンク色に染まっていた双頰から、みるみる血の気が引いていった。その場の空気まで、一瞬にして凍りついたような感じだった。

「あの人……今夜遅くなるんですって……」

吐き捨てるように言った。

「どうしてだと思う？　偶然古い友達に会ったなんて書いてあるけど、絶対嘘。パチンコで勝ったのよ。あぶく銭が入ったから、今夜はキャバクラでも行こうってわけ……キャバクラならまだマシよ。こないだなんてフーゾクよ。ソープランドの泡の匂いをさせてご帰還なさったのよ……まったく信じられない」

「いっ、いや、あの……」

拓海は震えあがった。一般的に言って、美女というのは怒ると怖いものだが、綾香はとびきりの美女である。怒った顔もとびきり怖い。

美女の怒った顔は嫌いではないが、八つ当たりされてはかなわなかった。こういう場合は、逃げるに限る。時計の針は、そろそろ午後五時を指そうとしていた。ちょうどいい。

「それじゃあ……僕はそろそろ……」

エプロンをはずしながら言うと、

「えっ？」

綾音に睨みつけられた。

「おつまみは、もうこれで終わりなの？　料理はひと通りできるんでしょ。わたし、お腹すいちゃった。今夜はもう、いいワイン抜いちゃおうかな。ダンナが夜遊びしてるんだから、こっちだって豪勢にやってもいいわよね。お願い。延長料金払うから、もっとなんかつくってってって」

「いや、あの……いいですけどね」

拓海は泣き笑いのような顔でエプロンを着け直し、すごすごとキッチンに向かった。料理をつくるのはかまわない。延長料金を請求しようとも思わない。だが、ヤケ酒に付き合わされるのはつらいものがある。

震えあがっている拓海をよそに、綾音は小型のワインセラーからワインボトルを出して栓を抜いた。ワイングラスにドボドボ注いで、香りも楽しまずに喉に流しこんでいく。

やはりヤケ酒だ。紳士淑女でも酔えばおかしくなるのがアルコールであり、嫌なことを忘れようとして飲む酒は、荒れたものになると相場が決まっている。しかも、女の酔っ払いは男のそれよりタチが悪い。拓海は高校時代、居酒屋でアルバイトをしたことがあるのでよく知っている。

とにかく料理を急ぐことにした。

アンティパストは得意なほうだが、普通の家庭では食材に限りがある。じゃがいもとベーコンのローズマリー炒め、きのこのアヒージョ、にんじんとレーズンのサラダ、それだけなんとかテーブルに並べる。

「一緒に飲まない？」

綾音がささやいてくる。

「せっかく豪華なおつまみがあるのに、ひとりで飲むのは淋しいじゃない？」

「いや、その……」

「いいじゃないの。ほら、座って、座って……」

しかたなく、拓海は綾音の隣の席に腰をおろした。断固として断るべきだったが、たしかに綾音は淋しそうだった、このまま彼女ひとりを残して帰るのは、どうにも忍びなかった。

美女というものは本当にずるい。笑えば癒《い》やされ、怒ると怖い。ちょっと淋しそうな顔をされると、なんとかして力になりたくなる。

5

一本目のワインが瞬《また》く間になくなり、二本目の栓が開けられた。

綾音が小型のワインセラーから取りだしたのがシャトームートンだったので、拓海はのけぞりそうになった。

「いいんですか、そんな高いお酒?」

「いいの、いいの」

綾音は平然と栓を抜き、グラスに注いでくれる。

「お酒なんか飲むためにあるんだから。パーッとやりましょう」

ヤケ酒とはいえ、楽しげに笑っているのが救いだった。とりあえず、カラ元気の反動が出ないことを祈るしかない。

「それで、拓海くんは彼女いるの?」

「はっ?」

それで、の意味がわからなかった。いままでイタリアンレストランで修業していた話をしていたのに、どうしていきなり話題が飛ぶのか。

「いない……ですけど……」

「嘘ばっかり。こんなに料理が上手だったら、絶対モテるでしょう。とくに、家事が苦手な年上の女はすぐにメロメロになるわね」

拓海は言葉を返せなかった。家事が苦手な年上の女——まさか自分のことを言っているのだろうか？

「ねえ、どうなの？　本当に彼女いないの？」

うりうりと肘で脇腹を押してくる。

「いませんよ……いまはとにかく、仕事をしないと……」

「じゃあ、どういう人が好み？」

「それは……」

ドSの女王様とはとても言えない。

「なんていうか、その……年上で、背が高めで、もちろん美人で、気が強い人が好きですかね……」

ふっ、と綾音が笑った。

「それ、わたしじゃないの」

「いや、それは……」

拓海はしどろもどろになった。言われてみればそうなのだ。容姿のタイプは洋風と和風にわかれるが、千奈と綾音は似ているところが多い。パートナーとうまくいっていないところまで同じである。

「それじゃあ、わたしが誘ったらどうする？」

蠱惑《こわく》的な流し目で、こちらを見てくる。

「夫もどうせ浮気してるんだし、わたしだってたまにはハメをはずしたいもの。奥の部屋でいいことしないって誘ったら、あなた、どうする？」

「どうするって……言われても……」

おまかせくださいっ！　という言葉が、喉元まで迫りあがってくる。できることなら千奈に童貞を捧げたいが、綾音だって負けず劣らず魅力的である。しかも、タイトスーツがよく似合うキャリアウーマンにして人妻。裸になったら、すごいのではないだろうか。いやらしい技を次々と繰りだして、翻弄《ほんろう》されてしまうのでは……。

綾音が椅子から立ちあがった。眼つきが完全に変わっていた。黒い瞳が潤んでいるのも、頬が赤く染まっているのも、ワインのせいだけではなさそうだ。

「立って」

腕を取られて立ちあがらされた。目線がほぼ一緒だった。拓海の身長が一七〇センチで、それより二、三センチ低いくらいだから、女としては高身長なほうだろう。ハイヒールを履いていれば、拓海より目線が高くなりそうだ。

綾音は拓海の腕をつかんだまま、黙って見つめてきた。どうしたって、唇に眼が行く。和風美人の唇は薄めで、赤い色が卑猥《ひわい》だった。少し口を開いた。チラリと見える白い歯が、たまらなく綺麗だった。

「あっ、綾香さんっ！」

本能のままに抱きついた。彼女いない歴が年齢と同じ拓海にとって、ハグをするのも初めてだった。女の体は想像以上に細かった。思いきり力を込めて抱きしめると、ポキッと折れてしまいそうだ。なのに、一部だけ肉づきがいい。胸に乳房があたっている。

タイトスーツを着ていても、横乳が砲弾状に迫りだして見える彼女である。巨乳なのだろう。脱いだら度肝《どぎも》を抜かれるに違いないと思うと、拓海は震えがとまらなくなった。

だが、ものには順序というものがある。

まずはキスからだ。はじめてのチュウだ。

しかし……。

唇を重ねようとすると、勢いがよすぎて鈍い音がした。

歯があたってしまったのだ。

「……なに？」

綾音に睨まれた。

「すっ、すいません……」

拓海は謝りつつ、もう一度口を近づけていった。ガキッ、と今度は先ほどより激しい音が鳴った。

綾音が口を押さえている。痛かったらしい。拓海も痛かったが、歯よりも心のダメージが大きかった。綾音を怒らせてしまったか……。

「なにやってるの？　いい年して、キスも満足にできないわけ？　ムードが台無しじゃない」

「いっ、いや、そのっ……」

拓海は焦った。もちろん、悪いのはこちらである。しかし、初めてなのだからしかたがないではないか。

ここはひとつ、すべてを正直に話したほうがいいような気がしてきた。相手は年上だし、見栄を張っていてもどうせ見抜かれるだろう。

「すいませんっ……実は僕っ……まっ、まだ童貞でっ……」

恥ずかしさに身をよじりながら告白した。いまどき、二十歳にもなって童貞だなんて、奥手《おくて》もいいところである。だが、真実なのだからしかたがない。綾音にしても、自分が初めての女になるのだから、悪い気はしないはずだ。真実を知れば、やさしくリードしてくれるのでは……。

しかし――、

「なんですって？」

綾音は切れ長の眼をきりきりと吊りあげて言った。拓海の甘い目論見《もくろみ》はあっさりと裏切られた。

「あなた、童貞のくせに、わたしを抱こうとしたの？」

「いや、まあ……そうですけど……」

「失礼ねっ！」

スパーンッ、と頬を叩かれた。

嘘だろ、と拓海は泣きそうな顔で頬を押さえた。恥を忍んで告白したのに、どうしていきなり平手打ちを食らわされなければならないのだろう。しかも、いまのビンタは千奈よりも容赦なかった。

「童貞ってことは、女を悦《よろこ》ばせるテクがなにもないってことでしょう？　じゃあ、なに？　まさかわたしにやさしく筆おろししてもらおうと思ったわけ？　冗談じゃないわ、ソープにでも行きなさい」

「……ひっ、ひどい」

「なにがひどいのよ。ひどいのはあなたでしょ。童貞のくせに……」

「なっ、なにをっ……」

綾音がベルトをはずしてくる。眼にもとまらぬ素早さで、ズボンとブリーフを一緒におろされてしまう。

「あああっ……」

情けない悲鳴と同時に、勃起したペニスが露《あら》わにされる。初めてのハグ、そしてはじめのチュウへの期待感に、いつもより大きくなっているようだった。ブーンと唸りをあげて反り返ると、湿った音をたてて下腹を叩いた。

「なんなの……」

綾音が軽蔑しきった眼でペニスを見る。

「童貞のくせに、こんなに隆々と反り返して……」

「どっ、童貞のなにが悪いんでしょうか？」

拓海は涙眼になって訴えた。

「誰だって最初は経験がないわけだから、しょうがないじゃないですか……いま童貞じゃない人だって、昔は童貞だったんですよ……綾音さんにだって、穢《けが》れを知らない処女だったときがあるでしょう？　花も恥じらう乙女《おとめ》だったときが」

スパーンッ、と先ほどとは逆の頬を叩かれた。

「よけいなことを口にすると、顔がアンパンみたいになるわよ」

「すっ、すいませんっ……」

謝りつつも、拓海は興奮していた。生まれて初めて、勃起したペニスを女の目にさらしていた。しかも、その女はドSぶりも露わに怒り狂い、平手打ちまで飛ばしてくる。

これが興奮せずにいられようか……。

「全部脱ぎなさい」

綾音は高慢きわまりない態度で命じると、椅子に座り直してワイングラスを手にした。プンプン怒っていても、シャトームートンを口に含む表情はどこまでもエレガントで、拓海はうっとりと見とれてしまう。

だが、見とれたからといって、「おまかせくださいっ！」とはとても言えなかった。どうして脱がなければならないのか、意味がわからない。

「裸になって謝りなさい。じゃないと、千奈ちゃんに言うわよ。いきなり抱きついてきてキスしようとしたって、告げ口しちゃうから」

「そっ、それはっ……」

拓海は顔色を失った。そんなことを告げ口されるくらいなら、いっそこの場で殺されるほうがマシだった。

6

なぜ謝らなければならないのか、謝るのにどうして全裸にならなければならないのか、拓海には理解できなかった。

それでも脱ぐしかなかった。脱がなければ、失うものがあまりにも大きい。千奈に告げ口されたら、間違いなく軽蔑される。怒られるのは、まだいい。ビンタされたってかまわないが、軽蔑されるのは耐えられない。

「……脱ぎました」

全裸で気をつけをすると、勃起している自分があまりにも滑稽で、涙が出てきそうになった。

「じゃあ、オナニーしなさい」

「はあっ？」

「いつまでも勃起していられると目障りなのよ。自分で出すもの出して、普段の姿に戻しなさい」

拓海は唖然とするしかなかった。目障りなら、服を着ればいいだけの話ではないか。

「オナニーしたら許してあげる」

綾音は横顔を向けたまま言った。

「童貞のくせにわたしを抱こうとしたこと許してあげるから、さっさとオナニーしなさい」

拓海はもう、抵抗の気力を失っていた。許してくださいと哀願したところで、綾音の口から出てくる台詞《せりふ》は想像がついた。できないなら、千奈に告げ口する——それだけは断じて困るのである。

「ううう っ……」

右手をおずおずと股間に近づけていく。全裸になったことで穢れを知らないペニスはますますみなぎりを増し、まるで釣りあげられたばかりの魚のように跳ねている。

綾音を見た。横顔を向けているが、チラチラとこちらに視線を送ってくる。その表情がエロい。彼女の本性は、ドSではないような気がした。ドSのように振る舞っていても、どこか羞《は》じらいの匂いがする。彼女のエロさは、虚勢を張っているエロさなのだ。

「早くしなさいよ」

しかたなく、拓海はペニスを握りしめた。軽く握っただけで、脳天まで快感が響いてきて、危うく声をあげてしまいそうになった。すかさず、すりすりと手筒を動かしてしまう。気が遠くなるほど気持ちいい。

ある意味、これは理想的なオナニーのシチュエーションかもしれなかった。目の前には、ツンと澄ましつつ眼の下を赤く染めた麗《うるわ》しい人妻、そのすぐ側で全裸になって、立ったままペニスをしごいている。

おそらく、これから何度でもこのシチュエーションを思いだして、オナニーに耽《ふけ》ることだろう。問題は、ここが仕事をしに来た他人の家——家政夫にとって神聖な職場ということだが、快感が高まってくると、そんなことすらどうでもよくなっていく。

「おおおっ……」

声をもらし、我慢汁を噴きこぼす。亀頭と皮の間に流れこんできたそれが、にちゃにちゃと卑猥な音をたてる。恥ずかしいけど、気持ちいい。人としてやってはいけないことをやっている感じが、ペニスをどこまでも敏感にしていく。

「あっ、あのうっ……」

拓海は苦しげに身をよじりながら綾音に声をかけた。

「だっ、出すときは、どうすればいいんでしょうか？　ティッシュとかは……」

早めに用意しておかないと、せっかくピカピカに磨きあげたフローリングを汚してしまいそうだった。

「もう出そうなの？」

「……はい」

「待ってなさい」

綾音は険しい表情で立ちあがり、キッチンに向かった。怒った顔をしていても、眼の下はますます赤くなっていくばかりだった。

ところが、戻ってきた綾音の手に持たれていたのは、ティッシュの箱ではなく、食品用のラップフィルムだった。

「ちょっと手を貸して。両手を後ろに」

「へっ？」

拓海はわけがわからないまま、言われた通りに体を動かした。次の瞬間、ラップフィルムが箱から引きだされる音がし、腕に巻きついてきた。あっという間に、両手の自由を奪われてしまった。

「なっ、なにをっ……」

「なにをじゃないわよ」

綾音が前にまわりこんできて、息のかかる距離で睨んでくる。

「他人の家でオナニーなんかしていいと思ってるの？　この恥知らず」

拓海は啞然とした。

「綾音さんがやれって言ったんじゃないですか」

「だからって、自分ばっかり気持ちよくなって……わたしの立場はどうなるのよ。あー、やだやだ。これだから童貞はいやなのよ」

呆れた顔で腕組みし、首を横に振る。

「普通、全裸になったら、もう一回頼むでしょ。筆おろししてくださいって土下座してお願いすれば、わたしだって善処したのに……それがなに？　自分ばっかり気持ちよくなって、射精しそうだからティッシュをくれですって？」

勃起しきったペニスをピーンと指ではじかれ、

「あううっ！」

拓海はの体は伸びあがった。

「なによがってるのよ」

「あううっ！　あうううううっ！」

ピーン、ピーン、とペニスをはじかれるたびに、拓海は女のようなあえぎ声をあげて体をくねらせた。ラップフィルムで後ろ手に拘束されているのでバランスがとれず、我ながら滑稽すぎるダンスを踊ってしまう。

「なによ、その物欲しげな顔は？」

綾音が口許《くちもと》だけで淫靡《いんび》に笑う。

「もしかして、このまま手でイカせてもらえると思った？　シコシコされちゃうとでも……童貞の浅知恵ね。そんなうまい話があるわけないでしょ」

「なっ、なにをするんですっ！」

拓海は焦った。綾音がラップフィルムを、腹に巻きつけてきたからである。べつに、腹に巻かれるくらいはどうってことなかったが、興奮しすぎて勃起しきったペニスが臍《へそ》の下に張りついていた。それごとラップフィルムでぐるぐる巻きにされてしまったのである。

「ふふっ、これでもう、シコシコできないわね」

綾音はラップフィルムをテーブルに置くと、舌なめずりしながら拓海の顔を見つめてきた。

「苦しいでしょ？」

「くっ、苦しいですっ！」

「ふうん」

ラップフィルム越しに、女らしい細い指先が肉竿《にくざお》の裏を這い、

「おおおっ……」

拓海はしたたかに身をよじらせた。

「情けないわね。少しはじっとしていられないの」

「ぐっ……」

拓海の動きはとまった。というか、凍りついたように固まった。

綾音が睾丸《こうがん》を握りしめてきたからである。痛いというほどの力ではなかったが、いくぞいくぞとフェイントをかけるように、ニギニギしてくる。女の力とはいえ、思いきり握られたら目ん玉が飛びだすくらいの衝撃があるだろう。恐怖に睾丸が迫りあがってくる。綾音はさも楽しげにそれをあやす。

「どうしたのよ、顔が真っ赤よ」

綾音の手が、睾丸から再び肉竿に移ってくる。今度は爪で刺激される。触るか触らないかのフェザータッチで、ツツーッ、ツツーッ、と肉竿の裏を這い、コチョコチョと裏筋をくすぐられる。

「あおおっ……ダメッ……ダメですっ！」

「なにがダメなのよ」

綾音は右手でペニスを刺激しながら、左手で睾丸を握ってきた。ニギニギしながら、爪でペニスをくすぐってくる。

「おおおっ……出ますっ……そんなにしたら出ちゃいますっ……」

「ラップに巻かれてるのに？　さすがに無理でしょ」

たしかに、無理なのかもしれなかった。しかし拓海は、生まれて初めて、異性に性器を触られているのだ。相手が誰で、状況がどうであれ、その事実は動かせない。生まれて初めて覚える快感の虜《とりこ》になり、いてもたってもいられなくなってくる。

自分の手でしごくのとは、あきらかに違う気持ちよさがあった。しかも、興奮すればするほど、ラップフィルムに締めつけられるので、苦しくてしようがない。いや、苦しささえも、もはや快感……。

「まあ、このまま出せるなら、出してもいいけどね……」

綾音がペニスをつかんでくる。つかんでしごいてくる。だがもちろん、ラップフィルムに巻かれているので、刺激はどこまでももどかしい。そのもどかしさが、興奮をより高めていく。

「自分のお腹に出せば、せっかく磨いてもらった床も汚さずにすむし……」

「おおおっ！　おおおおーっ！」

拓海は眼を見開いて、雄叫《おたけ》びをあげた。綾音が乳首を舐《な》めてきたからである。ピンク色に輝く綺麗な舌で、ねろねろ、ねろねろ、と米粒ほどの男の乳首を舐め転がしてきた。色は綺麗でも、いやらしすぎる舌の動きに、激しい眩暈《めまい》が襲いかかってくる。

もちろん、左右の手も同時に動いている。睾丸は握られているし、ペニスには変幻自在の刺激が訪れる。もどかしくこすりたててきたかと思うと、硬い爪で裏筋をなぞられる。手のひらでぐりぐりと押しつぶされては、鈴口《すずぐち》のあたりをくすぐられる。

「ダッ、ダメですっ！　そんなのしたらダメーッ！」

絶叫に近い声をあげてしまい、

「うるさいわね」

綾音に睨まれた。

「近所に聞こえたらどうするのよ。声を出すくらいなら、舌を出しなさい。ほら、ダラーンと出してみて」

言われた通りにすると、綾音が顔を近づけてきた。はじめてのチュウだが、今度は歯がぶつかったりはしなかった。綾音が舌を吸ってきたからだ。こんなに強く吸ってもいいのかというくらいの勢いで、思いきり吸いたてられた。

「うんぐっ！　ぅんぐううーっ！」

拓海は真っ赤になって悶絶した。鼻奥で悶えながら、綾音に舌を吸われつづけた。頭の中は真っ白で、足踏みがとまらなかった。それでも瞼《まぶた》だけは閉じるわけにはいかなかった。綾音が舌を吸いながら見つめてくる。いやらしい顔をしている。それも当然だ。彼女の両手は、この世のものとは思えないくらい、いやらしい動きで拓海を追いつめてくる。

限界が近づいていた。

いや、限界ならとっくに超えていた。

いつものオナニーなら、順を踏んでだんだんと射精に近づいていくが、いまは快楽のピークにあるのにまだ射精していない。ラップフィルムに巻かれたペニスはパンパンになり、いまにも爆発しそうなのに、快感だけが限界を超えて高まっている。

「うんぐうっ……ぐぐぐぐーっ！」

その瞬間は、唐突に訪れた。水を入れすぎた風船が爆発するように、下半身で爆発が起こった。ドクンッ、という振動が、全身を震わせた。ついに射精まで追いこまれてしまったのだった。

「おおおっ……おおおおおううう－っ！」

拓海はキスを続けていられなくなり、雄叫びをあげた。ドクンッ、ドクンッ、ドクンッ、と下半身の爆発は続いている。ラップフィルムが巻きつけられているペニスは動くことができないから、全身が動く。足踏みをしながら、恥ずかしいダンスを踊ってしまう。

「やだ、イッたの？　出してるの？」

綾音が眼を丸くして股間をのぞきこんできたが、かまっていられなかった。拓海は足踏みをしながら長々と射精を続けた。発作の回数はゆうにいつもの倍以上で、快楽の質も比べものにならないほど衝撃的だった。

第二章　忠誠を誓うキス

1

女嫌いになりそうだった。

綾音の家から飛びだした拓海は、自宅アパートに帰ると、頭から布団を被った。翌朝まで、万年床から一歩も出なかった。

人妻とはおそろしい生き物だと思った。

夫に浮気された腹いせに自分も浮気をしたくなる気持ちは、まだわかる。とにかく目の前にいる男をベッドに引きずりこみ、めちゃくちゃに乱れてみたいと思っても、綾音ほどの美女なら許されるだろう。ご相伴《しょうばん》にあずかるのを、断る男なんているわけがない。

しかし、こちらが童貞とわかるなり怒髪天《どはつてん》を衝《つ》く勢いで怒りだし、裸になれだの、オナニーしろだのと命じてくる態度はいかがなものか。百歩譲って、オナニーまでならまだ許す。こちらもちょっと興奮してしまったので、おあいこかもしれない。

問題はラップフィルムである。そんなものでペニスを腹に巻きつけ、刺激してくるなんて完璧に頭がおかしい。彼女の場合、ドSではなく、ド変態なのだろうか。まったく、と布団の中で溜息がとまらなかった。台所仕事をするのにラップフィルムは必需品なのに、今後は使うたびにそのことを思いだしてしまいそうである。

ひどい……。

綾音は本当にひどい女だ……。

恨み節を唱えていても、心とは裏腹に体はむらむらしてきた。ふと気がつくと勃起しており、自分で慰めなければならなかった。

綾香に人生最大の屈辱を与えられたことは、動かしようのない事実だった。

だが、同じくらい快感も与えられた。勃起したペニスを見られたことだけで、童貞の拓海にとっては事件だった。ラップフィルム越しとはいえ、指や爪で刺激された。

睾丸は生で握られたし、乳首に至ってはピンク色の綺麗な舌で舐められたのだ。

さらにはキスまでされてしまった。

はじめてのチュウである。

こちらがダラリと舌を伸ばし、それを吸われるという変則的なやり方だったが、綾音の唾液はうっとりするほど甘かった。

もし、最初のキスで無残に歯などぶつけず、うまくできていたなら、あの体を抱けていたのだろうか？

可能性は高い。童貞さえ見破られなければ、タイトスーツの下に隠された肉感的なボディを揉み放題、舐め放題、思う存分愛撫できたのだ。反対に彼女からは、ラップフィルム越しではないペニスへの刺激だって、期待できたに違いない。

フェラチオである。

いまとなっては、綾音が自分のペニスを舐めしゃぶってくれることなどあり得ないと思うが、あの時点では充分にあり得た。乳首に感じた、あのいやらしい動きをする舌が、亀頭やカリのくびれを這いまわり、薄くて赤い唇で思いきり吸引されたかもしれないのである。

眠れるわけがなかった。

朝までに、つごう三回ほど抜いてしまった。

もちろん、フェラより先のことも想像力を逞《たくま》しくして考えた。

童貞喪失だ。

たとえ綾音が意地悪な女でも、童貞を迫害する差別主義者でも、あの麗しい容姿である。もし彼女の体で童貞が捨てられたなら、一生の思い出になったことは間違いない。

考えれば考えるほど後悔ばかりが募っていく。

しかし、朝が来れば起きあがり、出かけなくてはならない。

もう失業者ではないのだ。

今日は日曜日だが、丸一日かかる仕事が入っている。

窓の外が明るくなってくると、拓海は気分を変えるために熱いシャワーを浴びた。

今日のミッションは、料理が苦手な専業主婦に料理を教えることだった。そのために、朝から市場に行って食材を揃えなければならないのである。

2

名城実和子《なしろみわこ》の家は閑静《かんせい》な住宅街にあった。

それほど大きくはなかったが、堂々の一軒家である。芸能人や文化人が住んでいるという噂の土地なので、持ち家だとすれば腰が抜けるほど高いのではないだろうか。

呼び鈴を押した。

「はーい」

という明るい声が扉の向こうから聞こえ、パタパタとスリッパを鳴らす音が迫ってくる。

「いらっしゃい」

ドアを開けてくれた実和子は、小柄な人だった。一五〇センチ台半ばくらいだろうか。丸顔で眼が大きく、栗色の長い髪をしていた。

可愛い人だな、というのが拓海の第一印象だった。実和子は三十五歳。実年齢よりずっと若く見えるということもないのだが、どういうわけか可愛らしく感じられる。

とはいえ、年相応の落ち着きもあれば、色気もあった。ベージュのニットワンピースに包まれた体は肉感的で、眼のやり場に困るほど乳房が大きい。大きすぎて、ワンピースの上に着けているエプロンがひどく浮いている。家庭的なのにエロいという、いかにも高級住宅街の専業主婦という雰囲気である。

「どうも初めまして」

拓海は名乗り、千奈の仕事を自分が引き継いだことを告げた。

「なにぶんまだ慣れていませんので、ご迷惑おかけするかもしれませんが、よろしくお願いします」

堅苦しい挨拶をしながらも、内心でホッとしていた。こちらの説明にうなずいてくれている実和子が、やさしそうだったからである。癒やし系の雰囲気に、ほんの少しアンニュイを追加した、たとえて言えば、陽だまりで昼寝している猫のようなタイプだった。こういう人なら、間違っても全裸になってオナニーしろと命じてきたり、勃起したペニスをラップフィルムで腹に巻きつけてくることはないだろう。

「どうぞ、あがって」

「お邪魔します」

拓海は出されたスリッパに足を入れ、実和子についていった。紅茶を淹《い》れてくれた。華奢《きゃしゃ》なティーカップで出されたそれは、見た目はもちろん、味も香りもおしゃれな感じがした。

「千奈さんにはとってもお世話になってたの。かれこれ、もう三、四年の付き合いになるんじゃないかしら。不定期にしかお願いしてないんだけど、彼女が来てくれるたびにレパートリーが増えていったから、わたしにとってはお料理の先生。でも、急にどうしたのかしら？　長期休養なんて、お体でも悪いの？」

「いえ、体は平気なんですが……」

離婚してセンチメンタルジャーニーに出かけたとは、さすがに言えなかった。

「いろいろ勉強したいことがあるみたいで……留学とか考えてるみたいですね。その下見にヨーロッパへ行ったんです」

「へええ、留学。向上心ありそうだものね、彼女」

実和子に案内されたキッチンは、かなり立派なものだった。対面式になっていて、火力の強いガス台もあれば、立派なオーブンもついている。包丁や鍋もブランドものを揃えていて、街のレストランと遜色ない。これで料理が苦手とは、宝の持ち腐れである。

「いちおう、ひと通り食材は揃えてきました」

市場で仕入れてきたものを、調理台にひろげる。牡蠣《かき》、ほうれん草、豚肉ブロック、山芋、納豆、おくら、にんにく、にら……。

実和子のリクエストは、「夫に精力をつけさせる料理」だった。

そのテーマをメールで知らされた拓海は、当然のように鼓動を乱した。夫に精力をつけさせてどうするつもりなのか、考えてしまったからである。

夫に仕事を頑張ってほしいのかもしれない。

だが、普通に考えれば、それ以上に夜の営みを頑張ってほしいということだろう。わたしをもっと激しく抱いて、という……。

考えてはいけなかった。

家政夫の仕事に詮索は厳禁なのだ。顧客のプライヴェートをのぞき見られる立場にいるからこそ、見て見ぬふりが重要なのである。

3

拓海はあらかじめ、実和子の料理の腕前を千奈に確認してあった。

指を切らずに包丁が使え、火傷《やけど》をせずにフライパンを振れるらしいが、味のセンスがとんちんかんなのだという。

「だから、調味料に関しては、きちんと紙に書いて渡してあげて。性格は几帳面だから、そうすれば間違わずにできるから」

拓海は用意してきたレシピを実和子に渡し、キッチンに並んで料理を始めた。なるべく作業工程がシンプルなものを選び、手間がかかったり細工が複雑な料理は除外した。

「ネットでいろいろ調べてみたんですが、精力をつけるならまず牡蠣、これははずせないみたいですね。なので、牡蠣とほうれん草のドリアをつくります。あとは豚の角煮。時間はかかりますが、丁寧にあく抜きしてあげれば、誰でもおいしくつくれます。それから粘りもの。山芋、納豆、おくらに卵を落として、混ぜれば完成です。にんにくは丸ごと焼いてもいいし、マッシュルームとアヒージョにしてもいい。にらはナムルにしましょうか。う̄ん、これだけ食べたら相当精力つきそうですね」

拓海は笑ったが、実和子は笑わなかった。下ごしらえを始めた拓海の手元を凝視しては、真剣な面持ちで見てメモをとっている。

真面目な人なのだ。そしてダンナ思いだ。愛しあっているのだろう。千奈によれば、実和子の夫は出張の多い仕事をしているらしいが、久しぶりに家に帰ってきて、愛妻に精力の出る食事を出されれば、さぞや……。

いや、いや、いや。

よけいなことを考えてはいけない。考えると手元が狂う。

「ご主人はどんな仕事をされているんですか？」

「教材のセールスです。日本全国をまわってて」

「そりゃあ大変ですね」

「いちおう社長なんですが、やってることは下っ端の営業マンと一緒」

「社長ですか。それでこんな立派なおうちに……」

「あっ、いま塩コショウしました？」

「えっ？　はい……そうです」

どうやら、料理中はよけいな話をしないほうがよさそうだった。


夕方までかかって、用意してきたレシピはすべて完成させた。

できあがるたびに試食をしていたので、お腹がいっぱいになり、最後に完成した豚の角煮はふたりとも食べられなかった。

「これは味見しなくても大丈夫ですよね。見るからにおいしそうだし」

「大丈夫だと思います。豚の角煮は、得意なレパートリーのひとつなんで」

拓海はエプロンをはずした。

「もし、なにかあったらご連絡ください。ご主人が帰ってくるの、あさってですよね。豚の角煮はこのまま冷蔵庫で保存しといて大丈夫ですよ」

「……はい」

実和子は自信なさげにうなずいた。とはいえ、拓海としてはやるべきことはすべてやり、伝えるべきこともすべて伝えた。ミッション終了である。

「じゃあ、僕はそろそろお暇《いとま》します」

「ちょっと待ってください」

実和子があわてて顔を向けてきた。

「そんなにあわてて帰らなくてもいいじゃないですか。いまお茶淹れますから、少し休んでいって」

「はあ……」

たしかに、五時間ほど立ちっぱなしだったので、疲れていた。すすめられたソファに腰をおろすと、深い溜息がもれた。実和子がアイスティーを淹れてくれた。ワイングラスで出されたそれはやっぱりおしゃれで、疲れた体に甘味が染みた。

しかし……。

気になることがひとつあった。伝えるべきことはすべて伝えたつもりなのに、実和子が浮かない表情をしていたからだ。料理が終わりに近づいてきたあたりから、ずっとそうだった。自信がないのはしかたないにしても、教えた通りにやれば再現するのはそれほど難しくないはずなのに……。

「大丈夫そうですか？」

うつむいている実和子に声をかけた。

「もし、まだ自信がないなら、もう一回おさらいします？」

「いえ……」

実和子は首を横に振った。

「料理のことはいいんですけど……」

「べつのことでなにか？」

「聞いてもらえますか？」

不意に実和子が身を乗りだしてきたので、拓海は身構えてしまった。

「どっ、どうぞ……」

「実はその……」

実和子はもじもじと身を揺すりながら、途切れ途切れに言葉を継いだ。

「なんというか、あさって夫が帰ってくるじゃないですか？　今回の出張は九州方面をまわるとかで……いつもより長い一カ月の出張だったんです……つまり、わたしたち夫婦は、あさって一カ月ぶりに再会するわけです」

「楽しみですね」

拓海は笑ったが、実和子の表情は険しくなっていくばかりだった。

「それがあんまり楽しみじゃないというか……ちょっと怖いというか……」

「どうしてです？」

「なんていうか、その……求められなかったら、どうしようって……そんなことばっかり考えちゃって……」

実和子が顔を赤くしたので、拓海の顔も熱くなった。彼女がなにを心配しているのか、奥手の拓海でもさすがに理解できた。今日一日「夫に精のつく料理」をつくっていたのである。それを夫に食べさせたくなるということは、夜の営みがうまくいっていないのだろうか？

興味はあったが、興味をもってはいけないことだった。深入りしてはいけない。だいたい、話を聞いたところで、童貞の自分には気の利いたアドバイスをすることなんてできやしない。

しかし、話を切りだされたところで帰りますと腰をあげるのも、かなり失礼な気がした。聞き流すしかなかった。聞いているふりをしつつも、本気で興味をもってはいけない。この状況の対処法は、それしかない。

「夫は五歳上だから、もう四十歳なんです……なんだか、このところセックスレス気味で……そういう年齢らしいですけど、こっちはしたいじゃないですか……普段離れているぶん、家にいるときくらい愛を確かめあいたいじゃないですか……なのにあの人は、わたしから誘っても全然で……」

話がきわどくなってきた。拓海は心を無にしようと思った。無になってすべてを聞き流すのだ。

「だからわたし、今回こそはって、お料理にも工夫して、他にも……あっ、そうだ。ちょっと待っててもらえます」

パタパタとスリッパを鳴らして、実和子は奥の部屋に消えていった。見かけによらず、大胆なことを言う人だと思った。よほどストレスが溜まっているのか、こんな若造にセックスレスの相談なんかしても、どうしようもなさそうなのに……。

「見てもらっていい？」

キラキラと眼を輝かせて戻ってきた実和子は、ソファの隣に腰をおろした。先ほどまで、向かいの席に座っていたにもかかわらずである。そしてふたりの間に、なにかを置いた。カラフルな布だった。

下着である。

「いちおう、お料理だけじゃなくて、こんなのも用意してみたんです……」

「いや、その……」

実和子はいくつかあるうちの中で、真っ赤なスケスケキャミソールを掲げた。拓海は眼のやり場に困った。下着は下着でも、服の下に着るようなものではない。ナイティーと呼ぶのだろうか、スケスケキャミソールときわどいハイレグショーツの組み合わせだ。ブラジャーはない。つまりノーブラ。完全に夫婦の寝室仕様の、いやらしすぎるセクシーランジェリーである。

「通販で買ってみたんですけど、効果あると思います？」

「さあ……」

「わたし、困るんです。効果がないと」

「そう言われても……」

「もっとちゃんと見てくださいっ！」

甲高《かんだか》い声を出され、

「ひっ……」

拓海は身をすくめた。

「千奈さんは言ってましたよ。わたしの後釜にはNOと言わない教育をしたから、なんでも申しつけてくださいって」

「いや、その……なんでもと言われても……」

「おまかせくださいっ！」とはさすがに言えなかった。これは家政夫の仕事の範疇《はんちゅう》を完全に超えている。

「とにかく、どれがいちばん効果ありそうか、選んでください。この三つのうちで……」

「そっ、そうですねえ……」

実和子が持ってきたランジェリーは三つとも似たようなデザインで、赤と薄紫色と黒だった。ひとつ選べというのなら、薄紫だろう。それがいちばん、実和子のキャラに合っている感じがする。

「これでしょうか……」

薄紫色のものを遠慮がちに指差すと、

「やっぱり！」

実和子は満面の笑みを浮かべた。

「わたしもそう思ってました。赤だとどぎつすぎるし、黒だとシックすぎるし、薄紫がちょうどいいというか……」

自分勝手にうなずいている実和子を尻目に、拓海は息が苦しくてしかたなかった。勃起してしまっていた。そのセクシーランジェリーを着けた実和子の姿を、想像してしまったからである。

小柄でむちむちした巨乳の彼女が、ノーブラで薄紫色のキャミソールである。股間にぴっちりと食いこんだショーツは透けて、キャミの丈《たけ》が短いから、太腿は完全露出状態である。

自分のつくった料理以上に、おいしそうだった。考えるだけで、口の中に大量の唾液があふれてきた。

4

「それじゃあ、僕はそろそろ……お暇を……」

拓海が腰をあげかけると、

「やだ、待って」

実和子に腕をつかまれた。座り直したので、ふたりの距離がなくなった。いまにもこちらの肘に、彼女の胸があたりそうだ。

「まだ話は終わってないです」

「いや、でも……ひとつ選んだじゃないですか」

「実際に着けたところ、見たくないですか？」

甘い声でささやかれ、

「いっ、いやあ……」

拓海はわざとらしいほど大げさに苦笑した。

「それはちょっと……無理っていうか……」

「どうして？」

「いや、だって……こう見えて僕も男ですから……むらむらしてきたら困るじゃないですか……」

もちろん、すでに困っていた。拓海の頭の中は、どうやって勃起を悟られずにこの場から立ち去ればいいのか、そのことばかりに占領されていた。

「困らないでしょ」

腕をつかんでいた手が、太腿に移動してくる。すりすりと撫でられる。股間のテントが大きくなっていく。実和子の眼はこちらの顔に向いているが、気づかれやしないかと冷や汗が出てくる。

「むらむらしてきたら、押し倒せばいいじゃないの」

「まずいですよ……」

「大丈夫よ。わたしも押し倒されたいから……」

濡れた瞳で見つめられ、拓海の心臓はドキンとひとつ跳ねあがった。

「実はね……夫は一カ月家を留守にしてるでしょ。その前も二カ月くらいセックスレスだったのね。なんかもう、やり方っていうのかしら……ベッドでどうやって振る舞えばいいのか、自分でも忘れちゃってるのよ。だからね、あさってに向けて、予行練習しておきたいの。いっそ押し倒されてしまいたい……なーんて思わないこともないの。わかる？」

言っている意味は、もちろんわかった。話の途中から、拓海はその気になっていた。そこまで言うのなら、据《す》え膳《ぜん》にあずからなければ男がすたるとさえ……。

「ねえ、あなたNOと言えない家政夫さんなんでしょ？　人助けだと思って、ひと肌脱いでくれないかしら」

「おまかせくださいっ！」と今度こそ叫びたかった。

しかし……。

大きな問題がひとつあった。

彼女はセックスしていない歴三カ月かもしれないが、こちらは二十年なのである。生まれてこの方、まだ一度も裸の女と戯《たわむ》れたことがない、ピカピカのチェリーボーイなのである。

「とっ、とりあえず……シャワー……お借りしていいですか？」

拓海がおずおずとささやくと、

「もちろん」

実和子は笑顔でうなずいた。これ以上いやらしい笑顔は見たことがない、と思ってしまったほど、エロティックな眼つきだった。

「こっちよ、来て」

立ちあがった実和子に続き、バスルームに向かう。

「じゃあ、バスタオルはこれを使って。寝室は階段あがって右側ね。服なんか着ないで、バスタオルを巻いてくればいいから。ふふっ、わたしは寝室で待ってる。さっきのランジェリーを着けて……」

「わっ、わかりました……」

拓海は手早く服を脱ぐと、熱いシャワーを頭から浴びた。

どうしよう、どうしよう、どうしよう、どうしよう……。

不意に訪れた童貞喪失のチャンスである。今度こそ逃したくないが、昨日は童貞を告白したばかりにひどい目に遭った。百戦錬磨の人妻にとって、童貞は忌《い》み嫌われる存在なのかもしれない。なにしろ愛撫のやり方ひとつ知らない。はっきり言って、うまくできる自信は皆無である。

だが、このチャンスは逃したくなかった。経験すれば、とりあえず童貞ではなくなるのである。人妻から忌み嫌われる存在ではなくなるわけである。家政夫を続けるなら、人妻に嫌われるファクターはひとつでも取り除いておいたほうがいい。いつまたこんなふうに、棚ぼたのチャンスが訪れるかわからないからだ。そのときのために、童貞だけは捨てられるときに捨てたほうがいい。

「……よし」

覚悟を決めてバスルームを出た。

童貞は隠す。

隠したまま、とりあえず実和子を抱いてしまうのだ。

実和子に落胆されるかもしれないが、心配することはない。こちらには若いエネルギーがある。一回出したくらいで精力は尽きない。二回でも三回でも挑みかかって、コツをつかめばいい。そうすれば、実和子だってひいひいとよがり泣くのではないだろうか。三カ月もセックスレスということは、欲求不満が溜まっているのだ。絶対によがり泣く。そうに決まっている……。

階段を昇り、右側の部屋をノックした。

「……どうぞ」

中から声が聞こえてきた。拓海は扉を開けた。一瞬、立ちすくんだ。部屋にはムード満点の間接照明がともされ、部屋の中央にはキングサイズとおぼしき巨大なベッドが鎮座していた。

その上に、実和子はいた。予告通り、薄紫色のキャミソールとショーツを着け、しなをつくって横たわっていた。エロすぎる……。

「どうしたの？　早くこっちにいらっしゃい」

甘いウィスパーヴォイスで呼ばれても、なかなか足が前に出なかった。キッチンに立っていたときとは、まるで別人だった。色気がすごかった。匂いたつようだった。

露出した素肌が、ダークオレンジの間接照明を受けてどこまでも白く輝いている。キャミソールはスケスケだから、たっぷりと量感のある乳房の輪郭が丸わかりだった。近づけば、乳首だって見えそうだ。寝室の扉を開けた途端、非日常の異空間にまぎれこんでしまったかのようである。

とはいえ、いつまでも棒立ちになっているわけにはいかなかった。

拓海は抜き足差し足でベッドに近づいていった。近づけば近づくほど、色香は濃厚になって圧力がすごい。甘い匂いが漂ってくる。そのせいかどうか、息が苦しくてしかたがない。それでもなんとか、ベッドにあがる。セクシーランジェリー姿の人妻に、身を寄せていく。

「どうかしら？」

実和子が自分を指差して、ふふっと微笑む。

「素敵です」

薄紫色のスケスケランジェリーに包まれた肢体をむさぼり眺めながら、拓海は真顔で答えた。真顔というか、興奮のあまり鬼のような形相をしていたのではないだろうか。

「押し倒したくなった？」

「むしゃぶりつきたくなりました」

「……嬉しい」

実和子は嚙《か》みしめるように言うと、

「いいのよ、好きにして……」

拓海の胸に体を預けてきた。三十五歳のくせに、猫が甘えるような仕草だった。可愛いのだが、素直にそう思えないのは、彼女が漂わせている濃厚な色香のせいだった。キャミソールから、横乳が透けていた。薄紫色の透けた生地の向こうで、あずき色の乳暈《にゅううん》が卑猥な存在感を放っている。

拓海は実和子を抱きしめた。キャミソールの生地が薄いので、むちむちした肉感が生々しく迫ってくる。見つめあいながら、顔を近づけていく。焦らずゆっくりやることだ。昨日のように歯をぶつけることだけはすまいと注意する。

キスをした。実和子の唇はふっくらと分厚かった。グラマーと言ってもいい。それを半開きにして、拓海のキスを迎え入れてくれた。うまくできた。自分でも驚くくらいスムーズだった。ひとしきり唇を重ねてから、舌を差しだした。

「ぅんんっ……ぅんんっ……」

実和子も舌を差しだし、ディープキスに応えてくれる。お互いに舌を動かし、からめあう。息がはずみだし、ぶつかりあう。唾液と唾液が、お互いの口を行き来している。

いい感じだった。

この調子なら童貞を隠したまま最後まで完走できそうだと、自信がこみあげてきた。

5

深いキスを続けながら、拓海は右手を実和子の胸に伸ばしていった。

ほんの少し身をよじるだけでキャミソールの中で揺れているふくらみを、いつまでも無視していることはできなかった。

キャミソール越しに、裾野《すその》のほうからすくいあげた。ざらついた生地の向こう側に、丸々した肉の果実がある。キャミソールの触り心地もいやらしいが、たっぷりした乳房の量感はそれ以上で、頭の中に火がついたように興奮してしまう。

「ああんっ……」

隆起に指を食いこませると、人妻が鼻にかかった声をもらした。拓海にとっては記念すべき、生まれて初めて女にセクシーな声を出させた瞬間だった。しかし、そんなことにはかまっていられない。他にもやりたいことがいろいろある。欲望がつんのめって、いまにも暴走しはじめそうである。

まずは生乳に触れたかった。

キャミソールのスケスケ生地をつまみ、そっとめくりあげていく。お腹あたりの、素肌の白さが眼に染みる。乳房に近づいていくほどますます白くなっていき、ふくらみの全貌を露わにすると、まぶしさに眼を細めたくなった。色が白すぎて、血管がうっすらと透けている。

「……そんなに見ないで、恥ずかしいから」

実和子が両手で胸のふくらみを隠す。年上の女の羞じらい深い仕草に、拓海の興奮はレッゾドーンを振りきった。

「いいじゃないですか……見せてください……隠すことないじゃないですか、ああ、すごいおっきいおっぱいだ……」

うわごとのように言いながら、手指に力をこめていく。乳房とのファーストコンタクトに、すっかり魅了されている。

三十五歳の熟女だからか、実和子のふくらみは想像以上に柔らかく、指が簡単に沈みこんでいく。揉めば揉むほど、手のひらに吸いついてくるようだ。

乳房を揉みつつ、あずき色の乳暈に舌を伸ばしていくと、

「ああんっ！」

実和子の声が悩ましくはずんだ。拓海はなにも考えられなくなった。モミモミと手指を動かしては、顔を真っ赤にしてチュパチュパと乳首を吸った。それが下品なやり方だとは思わなかったし、実和子が引きはじめていることにも気づかなかった。童貞の限界である。

しかも、夢中になるあまり、致命的なミスを犯してしまう。

「痛いっ！」

肘で実和子の髪の毛を踏んでしまったらしい。

「すっ、すいませんっ！」

拓海はあわてて愛撫の手をとめた。

「大丈夫だけど……」

意味ありげな眼つきで顔をのぞきこまれ、拓海は狼狽《うろた》えた。なにかを勘ぐられている。髪を踏んだことを咎められているのではなく、もっと別のことで……。

「あなた、もしかして経験がないの？」

「えっ……」

実和子のその台詞に拓海の頭の中は真っ白になった。

「正直に言いなさい」

キッと眼を吊りあげて睨まれ、

「……すいません」

拓海はがっくりと肩を落とした。

「おっしゃる通りです……童貞です……」

終わったな、と思った。せっかくキスまではうまくいっていたのに、乳房への愛撫で早くも馬脚を現してしまった。また人妻に怒られるのだろうと思い、落胆してうなだれてしまう。

しかし、実和子は怒っている様子がない。むしろ笑っている。思いだし笑いのように、ククッと喉を鳴らして。

「やだもう。それなら最初から、そう言えばいいじゃないの」

ぎゅっと頭を抱きしめられ、拓海の顔はたわわな乳房に埋まった。柔らかな乳肉を顔面で感じ、頭がぼうっとしてしまう。

「初めてって緊張するよね。わたしも三カ月もしてないから緊張してたけど……そうかあ、初めてか……それじゃあ、どうしていいかわからないわよね」

抱擁をとかれ、

「わたしにまかせて」

眼を見てささやかれた。

「童貞だからって、恥ずかしがることないのよ。誰だって、最初は初めてだもん。わたしが、男と女の愛しあい方を教えてあげる」

拓海は目頭《めがしら》が熱くなってしまった。「おまかせいたしますっ！」と気をつけをして絶叫したかった。

まったく、なんてやさしいのだろう。綾音と大違いだった。やはり、あの女が異常だったのだ。すべての人妻が、童貞を忌み嫌っているわけではないのだ。

「ふふっ、教えてあげるなんて偉そうに言ったけど、べつに難しいことじゃないから。わたしがすることを覚えておいて、同じようにしてくれればいいから」

「……同じ？」

「そう。男と女なんてね、体の構造がちょっと違うだけで、結局は似たようなものなんだから。感じ方も、感じさせ方も……」

実和子が身を翻し、拓海の上に馬乗りになってくる。薄紫色のショーツが食いこんでいる部分がお腹にあたり、妖《あや》しい熱気が伝わってきた。その部分に対する興味は、他のどの部位に対するものより強かったけれど、実和子は尻をもちあげて四つん這いになり、顔を近づけてくる。

「まずはキスね」

グラマーな唇を半開きにして、拓海の唇に重ねてきた。いや、重ねるか重ねないかぎりぎりの感じで舌を差しだし、拓海の口の中に侵入してきた。

拓海は大きく口を開いた。実和子の舌は、くなくなとよく動く。拓海も真似をして、くなくなと動かしてみる。舌と舌がからまりあう。口の中に唾液が溜まってくる。実和子もそうだった。唾液に糸を引かせるために舌を離しては、またからめてくる。

「ぅんんっ……ぅんんっ……」

実和子の鼻息がはずみだす。と同時に、双頬も生々しいピンク色に染まってくる。にわかに色っぽい表情になって、キスを深めてくる。むさぼるように舌を吸われる。拓海も吸い返す。

かなりの長い時間、実和子はキスをやめなかった。キスというのは、これほど長くやっているものなのかと、驚かされたくらいだった。

そのうち、キスで会話をしているような気分になってきた。もっとエッチに舌をからめて、とか、唾液と唾液を交換しましょう、とか、実和子の心の声が聞こえてくるようだった。

もしかすると……。

実和子はこう言いたいのではないかと思った。キスはセックスの基本、相手の心の声をしっかり聞きなさい、と……。

　ようやくキスが終わると、実和子は四つん這いのまま後退《あとずさ》っていった。そこからは三十五歳の人妻の独壇場だった。栗色の長い髪をかきあげながら、乳首を舐めてきた。乳首そのものも感じてしまい、拓海は息を呑んでしまったが、上から降りかかってくる髪の感触がそれ以上に心地よかった。長い髪に、さらさらっと素肌を撫でられる感触だ。

　うっとりしていると、実和子はさらに後退っていき、拓海の両脚の間に座った。拓海の腰には、まだバスタオルが巻かれたままだった。もっこりとテントを張っているのが恥ずかしかったが、そんなことを言っている場合ではない。

「なんだか……元気いっぱいって感じね」

　実和子が手指を伸ばしてくる。テントを撫でさすられる。バスタオルの生地は分厚かったが、女の細指がもたらす繊細な感触が、勃起したペニスに伝わってくる。とても、やさしい。やさしいのに、感じる。腰が反っていく。

「見てもいい？」

「ううう……」

拓海はうなずいた。言葉を発せられなかった。顔が燃えるように熱くなっていた。赤面していると思うほどに、ますます熱くなっていく。

バスタオルがめくられた。分厚い布地から解放されたペニスが、唸りをあげて反り返った。ただそれだけで、気が遠くなりそうなほど心地よかった。芯から膨張しきったペニスが、臍の下でビクビクと跳ねていた。

「やだ、立派……」

実和子が妖艶《ようえん》に眼を細めて、ペニスを見つめる。熱くてねっとりした視線が、カリくびあたりにからみついてくる。続いて手指が伸びてきて、そっと指をからませられた。

拓海の腰は滑稽なほど跳ねあがったが、実和子は笑ったりしなかった。ますます眼を細めたいやらしい顔で、グラマーな唇を割りひろげる。唾液のしたたる舌を差しだし、肉竿の裏側から舐めてくる。

「ああああっ！」

拓海は声をあげてしまった。ひどく恥ずかしく、泣きそうな顔になったが、

「いいのよ」

実和子が眉根を寄せた顔でささやいた。

「声を出してもらったほうが、女だってやり甲斐があるんだから。エッチな声をたくさん出して……」

言いながら、ねろり、ねろり、と舌を這わせてくる。

「遠慮なんかいらないの。ふたりしかいないんだから。あとでわたしも……恥ずかしいくらい泣きわめいちゃうんだから……」

「あああっ……あああああーっ!」

くなくなとよく動く舌が亀頭まで這ってくると、拓海は女のようにあえいでしまった。恥ずかしくないわけではなかったが、感じていることを伝えたかった。伝えなければならないと思った。

「おおおおーっ!」

ついに亀頭がぱっくりと咥《くわ》えこまれ、拓海は野太い声をあげた。ペニスで感じる女の舌と唇は、想像を遥かに超えていやらしいものだった。舐められ、しゃぶられるほどに、声をあげて身をよじった。

実和子は唾液の分泌量が多く、ペニスをその中で泳がされているようだった。生温かい口内で泳がされながら、ねちっこく舌がからみついてくる。根元からカリのくびれまで、唇がすべる。

実和子の唇はグラマーで、キスをしたときはプリプリしていると思ったが、裏側は驚くほどつるつるしていた。カリ首のあたりでそれがすべると、拓海は背中を弓なりに反り返らさなければならなかった。

「素敵な反応よ……」

実和子が髪をかきあげ、拓海の両脚をひろげてくる。

「反応がいいと、もっと気持ちよくさせてあげたくなっちゃう……」

自分の唾液でヌルヌルになったペニスを手筒でしごきつつ、玉袋に舌を這わせてくる。拓海はひときわ大きな声をあげてしまった。ペニスを舐められたときより、彼女の舌が温かく感じる。さらに睾丸が口に含まれ、吸いたてられる。

「ぐっ……」

拓海は声を出せなくなった。痛くはなかった。綾音に睾丸を握られたときは恐怖しか感じなかったが、実和子の吸い方はどこまでもやさしい。やさしくても、そこは男の急所である。魂までも吸いとられ、天国にでも昇っていくような、不思議な気持ちになってくる。

6

「あっ、あのうっ……」

拓海は我に返って声をあげた。

「ぼっ、僕にもっ……僕にもさせてもらえませんか？」

「……クンニがしたいの？」

実和子がピンク色に染まった顔をあげる。童貞のペニスを吸いしゃぶり、睾丸を吸いたて、すっかり愛撫に熱中していたようだ。

「したいです……クンニ」

拓海はうなずいた。女性器に対する興味は、もちろんあった。だが、それ以上に、このままでは暴発してしまう恐れがありそうだった。睾丸を吸われながら唾液まみれのペニスをしごかれていると、昇天しそうな瞬間が何度も訪れた。もちろん、本懐を遂《と》げる前に暴発してしまうわけにはいかなかった。

「じゃあ、して……」

実和子は四つん這いのまま反対を向き、尻を向けてきた。Tバックのショーツから剝きだしになった尻の双丘はどこまでも丸く、冴えざえとした乳白色に輝いて、乳房に勝るとも劣らない迫力だったが、拓海は首をかしげてしまった。

クンニリングスというのは普通、前からするのではないだろうか？

いま自分がされていたように、女の両脚をひろげて、そこに顔を埋めこむようにして……。

「まずお尻にキスして」

実和子が振り返って言った。

「お尻、ですか……」

「そう。お尻の穴」

拓海の心臓はドキンと跳ねあがった。

「アヌスにキスっていうのは、『あなたに忠誠を誓います』って意味なの。それをされると、女はとっても満たされて、興奮しやすくなるの……できるわよね？」

「もちろんです」

拓海は大きくうなずいた。と同時に、自分はなんて無知な男なのだろうと恥じ入ってしまった。お尻の穴にキスすることに、そんな重要な意味が隠されていたとは知らなかった。なるほど、ならばまず、お尻の穴にキスをしなければならないだろう。

実和子に忠誠を誓いたかった。奴隷にされてもかまわなかった。拓海はこれから、彼女によって大人の男になるのである。清らかな童貞を捧げる相手に、忠誠を誓わないわけにはいかない。

「失礼します」

厳《おごそ》かな儀式に挑む気分で、ショーツの両サイドに指をかけた。Tバックなので、めくりおろしても見た目はそれほど変わらなかった。

だが、匂った。陰部を隠していた薄布を奪った瞬間、いやらしい匂いがたしかに鼻先で揺らいだ。

発情のフェロモンというやつだろう。男の本能をダイレクトに揺さぶってくる、たまらない芳香だった。

その匂いに導かれるようにして、尻の双丘を両手でつかみ、恐るおそるひろげていく。桃割れに顔を近づけていき、中をのぞきこむ。

間接照明の薄闇なので、奥まで見ることはできなかったが、アヌスは見えた。セピア色に染まった、細かな皺のすぼまりが、二十歳の童貞の眼を射った。

「んんんっ……」

実和子が軽く身をよじる。アヌスに鼻息を感じたのか、あるいは見られて恥ずかしいのか……。

とにかく、まずはキスだった。儀式なので、わざと音をたててチュッと口づけをした。

「ああんっ……」

実和子が身をよじり、顔を前に向けたまま言う。

「素敵なキスをありがとう。あとは……好きにしていいから……わたしがあなたにしてあげたように、してくれれば……」

「……わかりました」

うなずきつつも、拓海は不安でしかたがなかった。男も女も一緒だと実和子は言うが、性器の形状がまったく違う。おまけに体勢まで正反対なのだ。どこを真似すればいいかわからなかったが、とにかくやってみることだった。尻の双丘をひろげながら、舌を伸ばした。目視できない女の花に舌を届かせるため、桃割れに顔を埋めこんでいく。

舌先に、なにかが触れた。

くにゃくにゃしていた。貝肉に似ているが、とにかく感触がいやらしい。さらに舐めると、奥に穴があるようだった。そこから蜜が漏《も》れていた。必死に舌を伸ばして、舐めまわしていく。

「ごめんなさい」

実和子が振り返った。

「やっぱり後ろからじゃやりにくかったかしら……」

拓海は苦笑するしかなかった。たしかにやりにくい。とにかく見えないのがつらい。

「じゃあ、あお向けになって」

「えっ？　僕が……」

「そう」

言われた通りにすると、驚いたことに、実和子が顔にまたがってきた。和式トイレにしゃがみこむ要領で……。

「うっ、うわあっ……」

女陰が鼻先まで迫ってきたので、拓海は眼を見開いた。しかし、今度は近すぎて全貌がうかがえない。黒々と茂った草むらの奥に、アーモンドピンクの花びらがチラチラ見えている。これがさっき舐めたところだろうか……。

「恥ずかしいけど……よく見て」

実和子が黒い繊毛を掻《か》き分け、女陰を露わにしていく。

「ここがいちばん感じるところ……クリトリス……」

指先で包皮を剝くと、真珠によく似た肉の芽が現れた。

「でも、とっても敏感だから、皮は剝かないで。皮が被った状態で、舐めたり触ったりしてちょうだい……」

「はっ、はいっ……」

拓海はうなずくと、舌先を尖《とが》らせてクリトリスに近づけていった。とにかく、やさしく舐めることだと思った。実和子はそうしてくれた。ペニスでも睾丸でも、決して強い力で刺激してこなかった。

舌先でちょんと突くと、

「あああっ……」

実和子は声をもらし、ガクガクと腰を震わせた。とても敏感であることは、その反応でわかった。拓海は本当に、ごく弱い力で触れただけだったから……。

舌先に全神経を集中させ、まずはまわりから責めていく。ちょんと突いただけで、腰がガクガクなってしまうくらいなら、まわりも相当敏感なのだろうと思ったからだ。

狙いは的中した。円を描くように舌先を動かしながら、時折ちょんと突いてやると、実和子のあえぎ声は甲高く跳ねあがった。さらに舐める。時折下の方にも舌を這わせる。蜜がしたたっている。ここが源泉らしい。

「ああっ、いいっ！」

じゅるっ、と音をたてて啜《すす》ると、実和子は激しくのけぞった。薄紫色のキャミソールの下で、ふたつの胸のふくらみが揺れはずんだ。巨乳なだけに、下から見上げると圧倒的な迫力がある。

拓海は舌先でクリトリスを転がしながら、両手をキャミソールの中に忍びこませていった。生身《なまみ》のふくらみに指を食いこませ、乳首をつまみあげる。

「あああっ……はぁああっ……」

にわかに実和子の反応も激しくなる。腰をくねらせ、股間を押しつけてくる。女陰で口を塞がれ、拓海は悶絶した。鼻で息をしようにも、剛毛に邪魔されてうまく吸いこめない。

「むぐっ……」

それでも必死に舌を動かした。実和子が股間を押しつけてくるので、クリトリスがどこにあるのかわからなくなってくる。舌が届く範囲をとにかく舐めまわす。まみれている、と思った。自分はいま、オマンコにまみれている……。

次第に意識が薄らいでいった。酸欠状態だった。このまま失神するのも悪くないと思ったとき、実和子が腰をあげた。

「もっ、もう我慢できないっ！」

後退り、拓海の腰をまたぐ格好になる。反り返ったペニスをつかみ、すりすりとこすりたててくる。

「やんっ。すごい硬くなってるっ……」

キャミソールを脱ぎ、双乳を露わにした。これで全裸だった。片膝を立てて、濡れた花園にペニスを導いていく。立てているのが片膝なので、結合部は見えそうで見えない。

拓海は全身をこわばらせたまま、実和子を見つめた。実和子も見つめ返してくる。全神経が、亀頭に集中していた。ヌメヌメした女の花があたっている。

いよいよだった。

ついに二十年間守ってきた、童貞を捨てるときがやってきたのだ。

「いくわよ……」

実和子が腰を落としてくる。

「んんんっ……んんんっ……あああああっ！」

熟女の可愛い丸顔が、ひきつり、歪み、やがて蕩《とろ》けた。腰を最後まで落としきり、拓海を見下ろしてきた。

拓海はどういう顔をしていいかわからなかった。はっきり言って、結合している感じがしなかった。ペニスが女に体の中にずっぽりと埋まっている、たしかな実感がない。

「どう？」

実和子が眼を細めてささやく。

「奥まで入ってるわよ」

拓海が曖昧《あいまい》に首をかしげると、実和子は倒していた方の膝を立てた。両脚をM字にひろげた状態になり、股間を上下に動かしはじめた。剛毛に邪魔されつつも、ペニスが女体に埋まっているのが見えた。アーモンドピンクの花びらに吸いつかれながら、しゃぶりあげられている……。

「はっ、入ってるっ……入ってますっ！」

拓海は叫んだ。視覚で確認できると、にわかに結合の実感がわいてきた。さらに音だ。実和子が股間を上下させると、ずちゅっ、ぐちゅっ、と淫らがましい肉ずれ音がたった。卑猥すぎる音だった。そんな音をたててペニスが刺激されているのだと思うと、全身の血が沸騰しそうなほど興奮してくる。

「ああっ、硬いっ！」

実和子の呼吸がはずんでくる。

「それにっ……大きいっ！　おっ、奥まで届くっ……ああっ、奥のいいところにあたってるっ！」

両脚を前に倒すと、今度は上下運動ではなく、前後に腰を動かしはじめた。ヒップの重みを利用して、クイッ、クイッ、と股間をしゃくる感じだ。あまりにいやらしい腰使いに、拓海はしばらくの間、瞬《まばた》きも呼吸も忘れて凝視してしまった。

「ねえ、どう？　気持ちいい？」

「きっ、気持ちいですっ！」

脂《あぶら》汗にまみれた顔で、拓海は叫んだ。

「これがっ……これが女よっ……セックスよっ……」

「きっ、気持ちよすぎてっ……どうにかなりそうですっ！」

最初は結合感がゆるいと思ったが、それは手で握りしめる場合と比べてだった。慣れてくると、手筒でしごくオナニーとはまったく違う感触を、味わえるようになった。ヌメヌメした内壁が、ざわめきながら吸いついてくる。微弱だが複雑な感触で、慣れてしまえば虜にならずにいられない。もっとこすりつけたい。下にいても動けるはずだが、どうすればいいかわからないところがもどかしい。

「ちょっと待って……」

実和子は不意に動きをとめると、片脚をもちあげて反対側に移動させた。その状態で体をひねり、後ろ向きになった。繫《つな》がったまま、背面騎乗位へと体位を変えたのだ。

「うわっ……」

丸々とボリューミーな尻を向けられ、拓海は声をあげてしまった。

「あああっ……こっちもいいっ！」

尻を上下に振りたてながら、実和子は叫ぶように言った。上体を倒し、こちらに向けて尻を突きだすような格好だった。

衝撃的な光景である。今度こそ、恥毛に邪魔されず結合部分がつぶさにうかがえた。それどころか、アヌスまで見える。忠誠を誓うキスをした、セピア色のすぼまりまで……。

「あああーっ　はぁあああーっ！」

実和子のあえぎ声と腰の動きは、激しくなっていくばかりだった。拓海はじっとしていられなくなり、上体を起こした。両手を伸ばし、乳房を揉んだ。実和子があえぐ。四つん這いの身をよじる。

「おおおっ……おおおおっ……」

拓海は声をもらしながら、なんとか腰を動かそうとした。欲望のままに、みずからピストン運動を送りこみたかった。

どこをどういうふうにしたのかわからないが、気がつけば、拓海は両膝を立てていた。バックスタイルで後ろから女体を貫いていた。

「ああああっ、そんな格好にっ……」

振り返った実和子が、蕩けるような眼つきでささやく。

「突いてっ……」

潤みすぎた瞳から、涙さえこぼれそうだ。

「思いっきりっ……突いてみてっ……」

拓海はうなずくと、腰を動かした。いや、動かしたつもりだったが、イメージ通りに動けなかった。腰を振りたてようとしても、体ごとぶつけるようになってしまう。やはり、童貞喪失にバックスタイルはハードルが高かったのか。おとなしく騎乗位で射精まで導いてもらうべきだったのか……。

そんなことはないっ！

拓海は奮いたった。騎乗位も悪くなかったけれど、やはり自分で動いたほうがセックスをしている実感が味わえる。不細工な動き方でいい。体ごとぶつかっていってかまわない。それでも、ペニスはたしかに出し入れされている。淫らがましい音をたてながら、肉と肉とがこすれあっている。たまらなく気持ちいい。この快感を追い求めて、突っ走っていけばいい。

「ああっ、いいっ！　いいわあっ！」

意を決してピストン運動に励むと、実和子が尻を振りたててくる。豊満なヒップを右に左に動かして、肉と肉との摩擦感をひときわいやらしいものにする。

「ああっ、してっ！　もっとしてっ！　もっと突いてえええーっ！」

「おおおおっ……おおおおっ……」

身の底からこみあげてくる衝動に、拓海は身をよじった。射精が迫ってきた。にわかに震えだした体が、制御不能の動きを見せる。必死に突きまくる。突いて突いて突きまくる。

「でっ、出るっ……もう出るっ……」

「ああっ、出してっ！」

実和子が振り返って拓海を見て叫ぶ。

「中で出してっ……たくさん出してえええーっ！」

「おおおっ……おおおっ……おおおううーっ！」

見つめあいながら、フィニッシュの連打を送りこんだ。

ずんっ、と突きあげた瞬間、ペニスがドクンッと跳ねた。ヌメヌメした肉ひだの中で暴れまわり、ドクンッ、ドクンッ、と熱い粘液を放出する。

押し寄せる快楽によじった。射精のたびに痺れるような快感が体の芯を走り抜け、身をよじらずにはいられなかった。

これがセックスかと思った。

女体の中に精を漏らす悦びは、男に生まれてきた悦びそのものだと思いながら、拓海は最後の一滴まで絞りだすようにして射精を続けた。

第三章　獣のように

1

一週間が過ぎた。

家政夫の仕事は好調で、平均して一日に一軒の家をまわっている。もちろん、まだ千奈が組んでくれたスケジュールをこなしているだけだったが、それでも、どこへ行っても温かく迎え入れてもらえ、仕事を終えれば照れてしまうくらい感謝された。仕事を褒められるのが嬉しかった。かつての職場では味わうことがなかったから。

「ありがとう、千奈姉《ね》ぇ。千奈姉ぇの言ったことは、本当だったよ……」

拓海は空を見上げるたびに、遠い異国にいる千奈に向かってお礼を言った。「キミならできる」と肩を叩いてくれた千奈のおかげで、いじけた失業者からようやく抜けだすことができそうだった。

しかも、童貞喪失という人生の大イベントまで、家政夫の仕事のおかげでありつくことができたのである。

この一週間のハイライトは、間違いなく実和子とベッドインしたことだった。いまでも思いだすとニヤけてしまう。遅まきながら、二十歳にしてようやく大人の階段を一歩昇ることができた。しかも、初体験にもかかわらず、三十五歳の人妻をバックから突きあげた。不細工な動きだったかもしれないが、とにかく射精まで完走することができたのである。自分で自分を褒めてやりたい。

とはいえ、楽しいことばかりではないのも、また事実だった。もちろん、どんな仕事にだって、楽しいこともあればつらいこともあるだろう。それにしても、憂鬱《ゆううつ》だった。

今日は土曜日、綾音の家に行く日なのである。

「キャンセルしてくれないかなあ……」

この一週間、拓海はスマホを見るたびに、溜息をついていた。あんなことがあったのだから、綾音から「もう来なくていい」という連絡が入ってもおかしくないと思ったのだ。

しかし、入らない。ということは、行かなければならない。すさまじく気まずいことになりそうだし、そんな状況でパフォーマンスを発揮できる自信もない、それに、そもそも拓海は彼女のことを恨んでいた。

いくら美人の人妻キャリアウーマンでも、彼女は童貞に対する差別意識がありすぎる。

翌日、実和子のやさしさに包まれて童貞喪失しただけに、その落差に唖然とせざるを得なかった。実和子が女神なら、綾音は鬼か悪魔である。そうでなければ、あんな仕打ちができるはずがない。

憂鬱でしかたがなかった。

それでも、歯を食いしばって出かけていかなければならないのが仕事である。イタリアンレストラン時代、先輩にボコボコに殴られたことを思いだした。つらい思い出を反芻《はんすう》すれば、いまのほうがずいぶんマシだと思えるかもしれないと考えたからだ。

しかし、童貞を嘲《あざけ》り笑われたすえに、ラップフィルムの中で射精させられたのである。

思いだすだけで顔から火が出そうになる。もしかすると、ボコボコに殴られたほうがマシだったかもしれない。

綾音のマンションに着いた。エントランスで部屋番号を押し、エレベーターで階上に向かう。ゴンドラは上昇しているのに、地獄に下降していくような気分である。だが、仕事だ。おまかせくださいの精神で、たとえどんな嫌味を言われても、笑顔で対応するのである。

「どうも、家政夫の桜庭ですっ！」

玄関のドアが開くと、できる限り元気に挨拶してみた。しかし、綾音は無表情で「どうぞ」と言い、部屋の中に戻っていった。異様に機嫌が悪かった。服装は紺色のタイトスーツ。今日も土曜日なのに仕事らしい。一流企業のキャリアウーマンも大変だ。

「いやー、今日はよく晴れてお掃除日和《びより》ですね。この前と同じように、掃除だけ念入りにしておけばいいんですよね」

「なんなの、その無駄な明るさは？」

綾音に睨まれた。

「あんなことがあったから、もう来ないと思ってたのに、あんがい根性あるのね」

「いやー、仕事ですから」

拓海は笑顔をひきつらせた。話題を変えたほうがいいと思った。「あんなこと」の内容に綾音が踏みこまないうちに……。

「あれ？　そういえば、今日はご主人はご不在ですか」

部屋を見渡して言うと、綾音は苦虫を嚙みつぶしたような顔になった。

「あなたに関係ないでしょ」

「いや、まあ……そうですけど」

地雷を踏んだのかもしれなかった。機嫌の悪い理由は夫婦喧嘩にあるのかもしれない。他の話題に移ったほうがいい。

「よっ、よろしければ、この前みたいに、なにかおつまみでもつくっておきましょうか？　つくり置きできるものを」

「いい」

綾音は首を横に振り、

「ひとりでお酒なんか飲んでも、おいしくないもの」

吐き捨てるように言い、部屋から出ていった。後ろ姿に哀愁が漂っていた。やはり、夫婦喧嘩でもしたのだろうか。そうでなければ、「ひとりでお酒を……」という台詞《せりふ》が出てくるわけがない。

2

仕事は快調に進んだ。

二回目なので慣れたものだった。綾音の家が素晴らしいのは、夫婦揃って掃除が苦手らしいのに、ドイツ製の高性能掃除機があることだった。埃をすいすい吸いこめる。かけていて非常に気分がいい。

「これじゃあ時間余っちゃうなあ……」

四時間の持ち時間が、二時間で終わってしまいそうだった。家中のガラスを磨いてもまだ余る。とはいえ、サービスのつもりでよけいなことをするのは、やめたほうがいい。他の顧客ならいざ知らず、綾音は気難しい人だ。軋轢《あつれき》の種はなるべく蒔《ま》かないほうがいい。

「……えっ？」

視線を感じて振り返ると、廊下に綾音が立っていた。先ほどと変わらぬ無表情だが、なんだか様子が変だった。忘れ物を取りにきたという感じでもない。なんだか、幽霊が立っているような雰囲気である。

「……はっ、早かったですね」

拓海は掃除機をとめた。

「どうかしたんですか？」

「べつに……」

顔をそむけたが、べつにという雰囲気ではない。

「もしかして、体調が悪いとか？　だったら、あと十分だけ待ってください。それで掃除はひと通り終わりますので……」

「……うん」

力なくうなずき、窓辺のアンティークチェアに腰をおろす。本当に具合が悪いのかもしれない。まだ外は明るいのに、綾音のまわりだけ黄昏《たそがれ》色の空気が流れているようだ。

拓海は掃除のピッチをあげた。十分かかるところを五分で終わらせ、帰り支度に取りかかった。

「お待たせしてすみませんでした。それじゃあ、これで帰ります……」

「……待って」

横顔を向けたまま、綾音は言った。拓海は立ちどまったが、綾音は眼を泳がせるばかりでなかなか言葉を発しない。

重苦しい沈黙が続いた。

胸を押しつぶすような気まずさも、尋常ではなかった。

「この前は……悪かったわね」

拓海は一瞬、耳を疑った。

「さすがにちょっとやりすぎちゃったなって……反省してる」

「いっ、いやあっ……」

拓海は苦笑した。笑って誤魔化すしかなかった。綾音の態度が、あまりにもしおらしかったので、逆に困惑してしまう。

「べつに気にしてませんから……ええ、どうってことないですよ……」

「ホント？」

綾音は訝《いぶか》しげに眉をひそめて立ちあがった。

「ホントに気にしてない？」

「ええ……はい……」

綾音が近づいてくる。人妻の美しい顔が息のかかる距離まで迫ってきたので、拓海は金縛りに遭ったように動けなくなった。

その耳元で、綾香がそっとささやく。

「筆おろししてあげましょうか？」

「はあっ？」

「あなたまだ童貞でしょ？　一日も早く経験したいんでしょ？」

拓海はにわかに言葉を返せなかった。まず思ったのは、なにかまたよからぬことでも企《たくら》んでいるのではないか、ということだった。しかし、どうにもそういう雰囲気ではない。本気で反省しているように見える。

だが、拓海はもう童貞ではなかった。経験なら済ませていた。

どうすればいいのだろう？

やらせてくれるというなら、童貞であるふりをしてやらせてもらえばいいじゃないか、ともうひとりの自分が言う。もっともな意見だった。綾音は美人だし、スタイル抜群だし、なにより、童貞差別さえしなければ好みのタイプのど真ん中だった。自信満々で強気な年上女が、拓海は大好きなのである。

「どうなの？」

挑むような眼で見つめられ、

「いいんですか？」

拓海は腰を低くした。もう少しで揉み手までしてしまいそうだった。

「でも……いったいどういう心境の変化で？」

「心境の変化？　そうね。心境が変化したのよね」

綾音はひとり納得したようにうなずいた。

「童貞なんて気持ち悪いって思ってたけど、逆に言えばいろいろ教えてあげられるわけじゃない？　わたし色に染められるっていうか」

「なるほど、なるほど」

やはり、すでに童貞喪失したという事実は、伏せておいたほうがいいらしい。

「男なんて自分勝手でわがままでどうしようもない生き物だけど、わたしがプロデュースしてあげれば、少しは可愛くなるかもしれないし」

「たしかにそうかもしれませんねえ」

拓海は笑顔でうなずきつつも、胸底《きょうてい》で舌打ちしていた。美人でスタイル抜群でも、この人はどうにも性格がねじ曲がっている。童貞を奪うことで男を支配し、言いなりにしようとしている。

だが、そんなことでキレてしまうのは、もったいない話だった。プロデュースしてくれるというなら、プロデュースしてもらえばいいのだ。

なるほど、大人の階段を昇るというのは、こういうことなのかもしれない。童貞を喪失したことで、拓海は女に対して図々しく、狡賢《ずるがしこ》く振る舞えるようになっていた。

「キスしても、いいですか？」

綾音を見つめてささやく。

「今度は歯をぶつけたりしないでよ」

「はいはい」

拓海は軽快にうなずき、まずは綾音の腰に手をまわした。ひどく細かった。けれども、バストやヒップに女らしい豊かさがあるのは、着衣の上からでもはっきりとわかる。

ドキドキしながら、綾音を見つめた。綾音も見つめ返してくる。眼を細めて、唇を差しだしてくる。綾音の唇は薄い。奥で光る白い歯がとても綺麗だ。ぶつけないようにゆっくりと、唇を近づけていく。

「……ぅんっ！」

うまく重ねることができた。すかさず口を開き、舌を差しだしていく。だが、あわててはいけない。綾音が舌を差しだしてくるのを待って、遠慮がちにからめていく。

「ぅんんっ……ぅんんっ……」

これもプロデュースの一環なのか、綾音のほうが積極的にキスを深めてきた。両手を拓海の首にまわし、いやらしいくらいに舌を動かす。それに応えるのも興奮したが、抱きつかれたことでバストのふくらみが胸にあたっていた。やはり、驚くべき量感だった。着衣でハグされているだけでこんなに悩殺されてしまうのだから、生身を愛撫したら脳味噌が沸騰してしまうかもしれない。

だが、焦ってはいけない。焦って失敗し、据え膳を逃すのは、童貞のすることだった。自分はもう、童貞ではない。三十五歳の人妻をバックスタイルで責めたて、ひいひい言わせたことがあるのだ。いや、ひいひいは誇張しすぎか……。

「……ずいぶん上手なキスじゃない？」

綾音が感嘆の声をもらす。

「キスは初めてじゃないですから」

拓海は堂々と返した。

「この前、綾音さんにしてもらいましたから。あれ、僕にとってはじめてのチュウだったんですよ」

「キスもしたことなかったわけ？」

綾音は呆れたように言ったが、首に巻きつけた両腕は離さなかった。うっとりと眼を細め、もう一度唇を重ねてきた。

3

拓海は、綾音の運転するクルマの助手席に座っていた。

いよいよベッドに移動しようという段になって、綾音がいきなり「場所を変えましょう」と言いだしたからだ。

「いったいどこへ行くつもりですか?」

「すぐそこよ」

「でも、もうけっこう走ってますけど……」

ホテルに移動するならあまり意味がないような気がした。綾音の住んでいる高層マンションは、外資系ホテル並みのロケーションを誇り、クイーンサイズのベッドもホテルにあるような高級品なのである。

ということは、夫が帰ってくるのを警戒したのだろうか。それならば理解できる。拓海にしても、全裸で夫とご対面という展開だけは避けたい。

綾音の運転するクルマは郊外に向かって国道を軽快に飛ばし、やがてあるところに入った。

ラブホテルである。

それも、西洋の城を模したかなり古い建物で、部屋の内装は唖然とするほどギラギラしていた。壁も絨毯《じゆうたん》もソファもワインレッド一色で統一され、天井から巨大なシャンデリアがぶら下がっていた。ベッドは円形で、そのまわりにはなんと、鏡が張り巡らされている。部屋の隅には、冷蔵庫と並んで大人のオモチャの自動販売機だ。ガラス越しに、卑猥な形をしたヴァイブが見えた。へばりついて観察したい気がしたが、綾音の手前、それはできない。

「一度、こういうところに来てみたかったの……」

綾音は高級ブランドのハンドバッグをソファに投げた。

「こういうことに来るカップルってさ、なんかドロドロのエッチしてそうじゃない？」

一週間前まで童貞だった拓海にも、それは理解できた。たとえば、バッグが投げられたソファだ。ところどころにシミがあったり、こすれて黒ずんだりしている。興奮しきった男女がそこでなにをしていたのか、想像に難くない。すぐ側にベッドがあるのにソファでいたしてしまうとは、いったいどういうことなのか、よくわからないが……。

「つまり……」

拓海は横眼で綾音の様子をうかがった。

「ドロドロのエッチがしたいってことでしょうか？」

「そうよ……」

綾音は眼の下を赤くしながらうなずいた。

「理性をかなぐり捨てて、獣《けもの》みたいにまぐわいたいの。そういうのはいや？　もっと綺麗に童貞を捨てたい？」

「いや、その……」

拓海としては、どういうやり方でも異存はなかった。そもそも童貞ではないので、何事も経験である。綾音が理性をかなぐり捨てて獣になるというのなら、お付き合いするまでだ。

「じゃあ、まずは乾杯しましょうか」

綾音が冷蔵庫から取りだしたのは、栄養ドリンクだった。勢いよくスクリューキャップを開けると、片手を腰にあてて一気に飲み干した。

まるで、スーパー銭湯でコーヒー牛乳を飲んでいる中年オヤジのようだったが、なにしろ美人なのでなにをやっても様になる。拓海も栄養ドリンクを飲んだ。甘ったるい味が、どういうわけか卑猥に思えた。

綾音が服を脱ぎはじめる。

タイトスーツの上下、白いブラウス、そしてパンティストッキングまであっという間に脱ぎ捨てて、下着姿になってしまう。

ペパーミントグリーンのブラジャーとショーツだった。黒いドット模様が入ったデザインが、妙に可愛らしい。ショーツの両サイドがひらひらしていて、三十路《みそじ》のキャリアウーマンにはどことなくミスマッチだ。てっきり、ランドリーラックで見かけた、アダルトムード満点なきわどいTフロントショーツを穿いていると思っていたので、意外なギャップに拓海の視線は釘づけになった。

「なに見てるのよ？」

綾音は急に恥ずかしくなったようで、体を隠すようにベッドにもぐりこんでいく。

「あなたも早く脱ぎなさい」

「はっ、はい」

拓海はあわててブリーフ一枚になり、綾音を追いかけた。ブリーフの前は、恥ずかしいくらい大きなテントを張っていた。

それにしても……。

家政夫というのは夢のような仕事だと思った。先週は三十五歳の人妻、今週は三十歳の人妻である。続けざまにベッドインできてしまうのである。

布団の中には、綾音の匂いがこもっていた。柑橘系の香水と彼女自身の体臭が混じりあって、男の本能を揺さぶるフェロモンとなっている。

「あっ、綾音さんっ！」

むしゃぶりついていこうとすると、

「あわてないで」

目力で制された。

「まずはやさしく、ブラを脱がして」

「おまかせくださいっ！」と拓海は胸底で絶叫した。

綾音が背中を向けてくる。ブラジャーのホックをはずせということらしい。ごくりと生唾を呑みこんでから、作業にかかった。噂には聞いていたが、なかなか難しかった。顔中を脂汗にまみれさせながら、なんとかはずすことができた。

綾音がストラップを肩からはずす。胸を隠しているカップはもう、触れなば落ちんの状態である。

拓海はおずおずと両手を伸ばし、後ろから乳房に迫っていった。カップに指が触れる。刺繍の感触が卑猥すぎる。丸いカーブはそれ以上だ。背中のホックも肩のストラップもはずされているカップは、乳房からわずかに浮いていた。拓海は思いきって、両手で下から侵入していった。

「あんっ……」

裾野に手指が触れた瞬間、綾音は小さく声をもらした。一方の拓海は、あやうく叫び声をあげてしまうところだった。

たまらない触り心地だった。剝き卵のようにつるつるしていて、弾力がありそうだ。両手で下からすくいあげて、やわやわと揉みしだいた。ごくわずかな力しかこめなかったが、それでもむちむちした弾力は生々しく伝わってきた。

実和子とは真逆だった。彼女の乳房は、指が簡単に沈みこむほど柔らかい。対して綾音は、肉がみっちりつまっている感じがする。さすが、着衣の横乳でも砲弾状に迫りだして見えたほどである。

「どうしたのよ？」

綾音が振り返らずにささやく。

「遠慮しないで揉みくちゃにしていいのよ。わたしの胸は、そんなにやわじゃないから」

「はっ、はいっ！」

ぐいぐいと乳肉に指を食いこませながら、拓海は驚嘆していた。「わたしの胸は。そんなにやわじゃない」。普通、そんなことを言うだろうか。女がベッドでささやく台詞は、「やさしくして」ではないのだろうか。

もちろん、だからといって、好感度がさがったわけではない。むしろあがった。拓海は強い女が好きなのだ。できればドSがいいけれど、綾音の場合は怒るとおかしな方向に暴走するので注意が必要である。

「ああああっ……」

乳首をいじってやると、綾音は身をよじりはじめた。軽くいじっただけで、みるみる硬く尖っていった。性感帯の中でも感じやすい場所なのかもしれない。身のよじり方も、どんどんいやらしくなっていく。尻をこちらに突きだして、右に左に振りたててくる。

拓海は綾音を後ろから抱きしめているので、股間が彼女の尻にあたっていた。それを刺激するように、身をよじってくるのである。見た目や言動が人妻っぽくない綾音だが、秘めたポテンシャルは相当スケベなのかもしれない。

「ああぁっ……はぁああっ……」

しかも、あえぎ声が低かった。実和子よりは一オクターブは低いのではないだろうか。理知的な美貌にマッチした、アダルトな声だった。大人の女といけないことをしている実感が、耳を通じてもひしひしと押し寄せてくる。

「もっと……強くしてもいいわよ……」

リクエストに応えて左右の乳首をキューッとひねりあげると、

「ああぁっ……」

綾音が眉根を寄せて振り返った。

「いっ、痛かったですか？」

「違うわよ。キスしてほしいの……」

拓海はうなずいて唇を重ねた。綾音はすぐに口を開く。舌と舌をからめあわせると、彼女の口の中には大量の唾液がしたたっていた。

興奮しているのだ。

実和子もそうだったが、唾液があふれてくるのは発情の印だ。女が濡らすのは、決して両脚の間だけではないのである。

「うんんっ……ぅんんっ……」

唾液を啜りつつ、昂ぶる吐息をぶつけあう。そうしつつも、もちろん乳房も揉んでいる。柔らかな乳房も揉み心地がよかったが、むちむちと弾力のある乳房も負けず劣らずで、一度揉みはじめたらやめられない。徹底的に揉みこんで、この手で柔らかくしてやりたくなる。手触りだけでも、類《たぐ》い稀《まれ》な巨乳であり、形の綺麗な美乳であることがはっきりわかる。

綾音をあお向けにしてカップをはずし、ご対面したかったが、いまの体勢を崩してしまうのが名残惜しかった。首をひねってキスを求めてくる綾音の健気《けなげ》な態度がとてもいい。乳房を揉むほどに身をよじり、尻を振りたてる悩殺ボディを、飽きるまで抱きしめていたい。

だが、いつまでもそうしていることはできなかった。

勃起しきったペニスにこすりつけられている、綾音の尻が気になってしかたがない。乳房より弾力がありそうだし、丸みもすごい。さらには逞しい太腿だ。全体は細身なのに、上品なタイトスーツをとびきりセクシャルに着こなせるのは、この下半身あってこそなのだ。

4

「あっ、あのう……」

拓海はキスをほどいてささやいた。

「しっ、下を舐めてもいいですかね？」

綾音は一瞬、しらけた顔をした。拓海同様、綾音も後ろから抱かれて乳房を揉まれるこの体勢が、気に入っていたらしい。もう少し続けたかったようだが、

「いいわよ」

ふっと微笑んだ。

「初めてなら、そっちが気になってもしかたないものね。見たくてしようがないんでしょう？」

こっちは見られても全然平気だけどね、と言わんばかりの口調だったが、紅潮した

頬が恥ずかしげにひきつったのを、拓海は見逃さなかった。

「どうなの？　見たくてしようがないの？」

「そりゃあ、まあ……」

拓海は頭をかいた。初めてでなくても、見たくてしようがないのは男の性《さが》である。

とはいえ、ただ舐めるだけでは面白くない。掛け布団を剝《は》いだ。

「膝を立ててもらっていいですか」

綾音をうながし、四つん這いの体勢にする。

「なーに？」

綾音は振り返って苦笑した。

「童貞のくせに、いきなりバッククンニなの？　エッチね」

「いやいやいや……」

拓海は高鳴る鼓動の音を聞きつつ、綾音の尻を眺める。ペパーミントグリーンに黒いドット模様の入った生地が、丸いヒップを覆っている。

見れば見るほど、人妻キャリアウーマンにそぐわない、少女じみたデザインだった。

とはいえ、中身は充分に熟れているはずだ。両サイドを持ち、ゆっくりとずりさげていく。桃割れが姿を現し、アヌスが見える。驚いたことに、ほとんどくすみのない桃色だった。美人はこんなところまで綺麗なのかと感心しながら、桃割れをひろげていく。

そして、先日実和子から教わったことを実行する。チュッと音をたてて、「忠誠を誓うキス」をした。

「なっ、なにするのっ！」

綾音が叫びながら振り返った。

「そっ、そんなところにキスしないでよ……そっちは後ろの穴よ……」

「わかってますよ、もちろん」

拓海は臆《おく》することなく答えた。

「いまのキスは、忠誠を誓う神聖なキスで……」

「とにかくっ！」

綾音が遮《さえぎ》って言った。

「二度とそこには触らないでっ！　舐めるのはもっと下っ！」

長い髪を翻して前を向いた。

拓海は、自分の中で邪悪な欲望が芽生えるのを感じていた。女にいやだと言われたら、ますますやりたくなるのも男の性なのかもしれない。

いや、第六感というものなのだろうか。綾音が声を荒げたのは、アヌスが弱点であるからではないかと思ったのだ。つまり、刺激されると感じすぎてしまうのでは……。

ダラリ、と舌を伸ばした。

「やっ、やめてって言ってるでしょっ！　なにするのっ！　舐めないでっ！　お尻の穴を舐めないでええぇーっ！」

ワインレッドの淫靡な空間に、三十路の人妻の悲鳴が響いた。

拓海がアヌスを舐めまわしていたからだ。今度は忠誠を誓うキスではない。ペロペロと舌を這わせては、チュッチュと吸う。舌先を尖らせて、細い皺を一本一本をなぞるように刺激していく。

この前の意趣返し、というつもりもあった。ラップフィルムで清らかなペニスを弄《もてあそ》ばれたお返しに、少し意地悪してやろうと思ったのだ。

しかし、すぐにそんなことは言っていられなくなった。綾音の反応が、どうにもいやらしすぎるからだ。「いやいや、やめてっ！」と叫びつつも、腰がくねっている。

逞しい太腿がぶるぶると震えだしている。

「はっ、はぁあううーっ！」

アヌスを舐めながらショーツ越しに女の割れ目をなぞってやると、甲高い悲鳴を放った。感じていることを隠しきれない、獣の牝《めす》の咆哮《ほうこう》だった。

「気持ちいいんですか？　ねえ、気持ちいいんでしょ？」

ささやいてはアヌスを舐め、ショーツ越しに割れ目をなぞる。デザインは可愛くても、それが包んでいるのは成熟した人妻の女性器だった。なぞればなぞるほど、熱くなってくる。生地の奥が蒸《む》れている感触がする。濡らしているのだ。お尻の穴を舐められて、彼女は濡らしているのである。

「あああーっ！」

ショーツを太腿までずりさげると、綾音は長い黒髪を振り乱して首を振った。熱く疼《うず》いている部分に、新鮮な空気があたったからだろう。あるいは視線を感じているのか。四つん這いの彼女はもう、アヌスもヴァギナもすっかりさらけだしている。

拓海は尻の双丘をつかみ、ぐいっと割りひろげた。唾液を浴びて濡れ光る桃色のアヌスが卑猥だった。その下には、女の花が咲いていた。綾音の花は綺麗だった。くすみのまったくない艶《つや》やかなアーモンドピンクの花びらが、行儀よくぴっちりと口を閉じている。

拓海は左右の花びらに親指と人差し指をあてがった。輪ゴムをひろげるようにひろげると、つやつやと濡れ光る薄桃色の粘膜が見えた。

「濡れてますよ」

息を呑んでささやく。

「お尻の穴で感じちゃったんでしょ？」

「かっ、感じてなんか……」

綾音が振り返って睨んでくる。だが、いくら眼を吊りあげようとしても、その表情は弱々しい。お尻の穴から割れ目の奥までのぞきこまれていれば、さすがの人妻キャリアウーマンも恥ずかしいのだ。

「全然感じてないから……感じてるわけないでしょ」

「本当ですか？」

拓海は薄桃色の粘膜をそっと撫でた。

「ああっ……」

「ほら、少し触っただけで糸を引くくらい濡れてますよ」

「なっ、舐めなさいっ！」

声を張って命じてくる。

「お尻の穴じゃなくて……いま触ってるところをっ……舐めてっ……」

後ろにいくほど、声がか細くなっていく。

「えっ？　どこをですか」

拓海はとぼけた。

「どこを舐めてほしいか、はっきり言ってくださいよう」

「だっ、だからっ……いま触ってるところっ！」

「なんていうところ？」

拓海の意地悪に気づいた綾音は、顔をそむけて唇を噛みしめた。

「さすがの綾音さんも言えないんですね……」

コチョコチョ、コチョコチョ、と割れ目をいじる。奥からみるみる蜜があふれてきて、瞬く間に指が泳ぐほどになる。

「でも、そうなると、なおさら言ってほしいなあ……」

割れ目をいじりながら、桃色のアヌスをねろりと舐める。

「いやあああっ……」

綾音は悲鳴をあげたが、四つん這いの体勢は崩せない。感じているからだ。アヌスはくすぐったそうだが、割れ目はあきらかに感じている。いじりまわしながら、アヌスを舐める。尖らせた舌先を押しこんでいく。

「やっ、やめてっ！　舌を入れないでっ……そんなところに、舌を入れないでっ……あおおおーっ！」

綾音の声音が変わった。アヌスに舌ではなく、割れ目にずぶずぶと指を入れていったからだ。

拓海は、クンニリングスについて少しばかり勉強してきた。童貞喪失時に、自分はセックスについてなにもわかっていなかったことを思い知らされたからだ。備えあれば憂いなし。ただこんなに早く、しかも綾音のような美女とベッドインできるとは思っていなかったが……。

女がいちばん感じる場所は、蜜壺《みつつぼ》の上壁にある窪《くぼ》み――Gスポットらしい。ここを刺激しながらクリトリスも同時に責めてやれば、女はひいひいと喉を絞ってよがり泣くという。

蜜壺に入れた右手の中指を鉤《かぎ》状に折り曲げつつ、左手でクリトリスを探る。バックからではよく見えないが、五本の指を動かせばどれかはあたる。

「ああっ、いやあああっ……はぁあああああーっ！ はぁおおおおおーっ！」

綾音は手放しでよがり泣きはじめた。

Gスポットとクリトリスの同時攻撃に加え、アヌスまで執拗に舐めまわしているのである。たまらないほど感じてしまってもおかしくない。

よがり顔が見られないのが残念だった。円形ベッドのまわりには鏡が張り巡らされていたが、綾音は顔をシーツに伏せているので、長い黒髪の中にすっかり隠れてしまっている。

とはいえ、後ろからの光景も身震いを誘うほどエロティックだった。尻や太腿は、ぶるぶるっ、ぶるぶるっ、と痙攣《けいれん》しているし、細い腰は卑猥なほどにくねっている。さらには背中だ。贅肉のまったくついていない美しい背中が生々しいピンク色に上気し、汗の粒が浮かんできている。甘ったるい匂いが鼻腔をくすぐってくる。これが噂に聞く、発情の汗というやつだろうか。

「ダッ、ダメッ……ダメようっ！」

綾音が切羽つまった声をあげる。

「そっ、そんなにしたらっ……そんなにしたらダメえええっ……」

シーツを掻き毟《むし》り、ぎゅっと握りしめる。四つん這いの肢体が、頭の先から爪先までこわばりきっている。絶え間なく生汗をかきながら、尻と太腿の痙攣が続く。なにかをこらえている。迫りくるなにかを……。

「あああああーっ！　はぁあああああーっ！」

綾音は甲高い悲鳴を張りあげて、ビクンッ、ビクンッ、と細い腰を跳ねあげた。アヌスを舐めていた拓海の顔ははじきとばされた。クリトリスもいじっていられなくなり、指まで抜けてしまったのだから、すさまじい勢いだった。

5

うつ伏せに倒れこんだ綾音は、しばらくの間ぐったりしていた。

ぐったりしているのに、尻や太腿がピクピク、ピクピクと痙攣している様子が、身震いをさそうほどいやらしかった。

拓海は綾音の顔のほうに移動し、乱れた髪を直してやった。地面から宝物を掘り起こすようにして、綾音の顔を露わにしていった。

麗しい美貌がピンク色に染まりきり、まだ息がはずんでいた。うつ伏せになっているので横顔しか見えていないが、苦しげに寄せた眉間の縦皺が、なんともエロティックで生唾を呑みこんでしまう。

「いま、イッたんですか？」

顔をのぞきこんでささやく。

「イッたんですよね？　オルガスムスってやつですよね？」

「……イッてない」

綾音は眼を閉じたまま首を横に振った。嘘をついていることは明白だった。汗まみれの体から、発情した牝の匂いがむんむんと漂ってきた。尻や太腿の痙攣はまだおさまっていないし、両脚の間から垂らした蜜はシーツにシミをつくっていることだろう。

「イッたくせに……」

拓海の頬はゆるみっぱなしだった。童貞を喪失してから一週間にして、ついに女を絶頂に導けたのである。大人の階段を、一気に何段も駆けあがった気分になってくる。

いや……。

満足感を嚙みしめたり、自分で自分を褒めてやるのは、後まわしにしなければならなかった。いまはまだ、やるべき事が残されている。ブリーフの中で、勃起しつづけたペニスが悲鳴をあげている。我慢汁を漏らしすぎたらしく、布地とこすれあうとヌルヌルするくらいだ。

「ねえ、綾香さん……」

肩を叩いてもリアクションがない。自分はイッたから、もういいということだろうか。それはずるい。うつぶせの体をあお向けにひっくり返すと、紅潮しきった顔を両手で隠した。まだ休憩したいというアピールだろうか。いや、呼吸はもうはずんでいないから、ただ恥ずかしがっているだけだろう。

拓海はブリーフを脱いで、勃起しきったペニスを窮屈な布地から解放した。それから、綾音の上に馬乗りになり、まだ胸に残っているブラジャーのカップをめくった。あお向けになっているのに、砲弾状に迫りだして形が崩れていない見事な巨乳だった。しかも、乳首が薄ピンクである。三十路の人妻のくせに、いったいどこまで完璧なボディなのだろう。

「童貞をプロデュースしてくれるんじゃなかったんですか？」

薄ピンクの乳首をくすぐると、

「やめてっ！」

綾音はいやいやと身をよじった。

「お尻の穴を舐める人なんか……知らない」

先ほどとはずいぶん違う態度だった。上から目線の命令口調が影をひそめ、なんだか甘えているようにすら見える。

これが、あのドSの綾音だろうか、と思ってしまう。実のところ、ドSに見えて、裸になったらドMなのだろうか。それとも、オルガスムスに達すると、女はみんな可愛いドMになるということか。

「知らないじゃ困りますよ」

拓海は両手で双乳をすくいあげ、揉みしだいた。やはりすさまじい弾力である。おまけに汗ばんでいるから、よりいっそうそそる。まるで甘味がたっぷりつまった果実のようだった。揉みしだきながら薄ピンクの乳首に舌を伸ばして、くすぐるように舐めまわしてやる。

「ああっ、いやっ……あああああっ……」

両手で顔を押さえて首を振りつつも、感じていることは隠しきれない。乳首を舐めるほどに、腰がくねる。吸ってやれば、再び息がはずみだす。甘酸っぱい吐息の匂いを、拓海はうっとりと嗅ぎまわす。

乳首が薄ピンクでアヌスが桃色でも、彼女は成熟した人妻だった。

クンニで一度イッたくらいでは、満足できないに違いない。

ただ、童貞にイカされたことが、悔しくてしようがないだけだ。プライドが高すぎるのである。拓海はしかし、そういう女が嫌いではなかった。お尻の穴にキスをして、この体にはすでに忠誠を誓っていた。奉仕するのは、自分の当然の務めのように思われてくる。もっと感じさせてやりたい。もっと大胆に乱れさせてやりたい……。

「ああっ、いやっ……あああっ、いやあああっ……」

拓海が巨乳と戯れるほどに、綾音のあえぎ方は切迫していき、両手で顔を隠していることもできなくなった。

美しい人妻キャリアウーマンのあえぎ顔は、衝撃的だった。眼の下を恥ずかしげに紅潮させているのは可愛らしく、眉間に刻まれた縦皺はどこまでもいやらしい。小鼻が赤く染まっているのもたまらなくエロい。薄い唇から、白い歯を食いしばっているのが見えると、拓海は瞬きを忘れて凝視してしまう。

そろそろ我慢の限界だった。

もっと巨乳と戯れていたかったが、痛いくらいに硬くなったペニスがそれを許してくれなかった。このまま正常位で結合することにして、後退っていった。綾音の長い両脚をM字にひろげた。逞しい太腿は、裏返すとますますボリューミーに見え、口の中に唾液が溜まっていく。ペニスを握りしめ、切っ先を濡れた花園に密着させる。ヌルヌルとすべる。

「あああっ……あああっ……」

綾音があえぎながら見つめてくる。いまにも泣きだしそうな顔をしているのは、発情のためであろうか。ぎりぎりまで細めた眼が、いやらしいくらいに潤んでいる。

「いっ、いきますよ……」

綾音が眼を泳がせながら顎を引く。

「はっ、初めてなんで……うまく入れられないかも……」

正常位は初めてなので、嘘は言っていなかった。

「いきますよ……入れますよ……」

言いながら、腰を前に送りだす。やはり、うまく入っていかない。ＡＶを観てピストン運動については学習してきたつもりだったが、結合のコツだけはいくら観てもよくわからなかった。

「んんっ……んんっ……」

綾音が腰をくねらせる。角度を合わせてくれているのだと気づくまで、数秒を要した。拓海も真似をして、いろいろな角度で挿入を試してみた。そのうち、ずぶりと亀頭が埋まった。ここだと察し、思いきり腰を前に送りだした。

「ああああああーっ！」

一気にペニスの根元まで埋めこむと、綾音は喉を突きだして声をあげた。拓海も声をあげたかった。童貞喪失のときは、入っているのか入っていないのかわからなかったが、いまははっきりわかる。ヌメヌメした肉ひだが、ペニスにぴったりと吸いついてくる。この感触を覚え、この快感に恋い焦《こ》がれ、日夜反芻していたので、はっきり入っているとわかったのだ。

あとは腰の動かし方だった。ひとまず上体を起こしたまま、綾音の両膝をつかんでみた。垂涎《すいぜん》の光景が眼下にあった。真っ白い太腿の裏側も露わに、両脚をM字にひろげている三十路の人妻である。

股間の草むらを正視したのは、いまが初めてだった。エレガントな小判形で、生えている面積が少なかった。実和子の三分の一ほどではないだろうか。

おかげで結合部がよく見えた。パンパンに膨張したペニスが、女の割れ目にしっかりと埋まりこんでいた。少し、腰を引いてみる。アーモンドピンクの花びらが吸いついてきて、血管の浮かんだ肉竿にねっとりと蜜が付着する。自分の持ち物ながら、卑猥すぎる姿である。

「あああああっ……はぁあああああっ……」

ゆっくりと出し入れを始めると、綾音は身をよじってあえぎだした。感じやすいタチなのか、あるいは先ほど一度イッているからか、実和子より反応がいい。一往復ごとにシーツをつかんだり、両手で顔を押さえたりとアクションが激しく、腰をガクガク震わせる。

そうなると、童貞に毛の生えた二十歳も、俄然やる気がみなぎってくる。頭の中に

ＡＶ男優の腰使いを再生させながら、それを真似て動いてみる。ＡＶ男優のように怒《ど》濤《とう》の連打を放つことはできないが、思った以上にうまく動ける。次第にリズムに乗り、動き方のコツをつかんでくる。カリのくびれで、内壁をこするようにすればいいのだ。

「ああっ、いやっ……あああっ……」

綾音のあえぎ方は、拓海の予想の先を突っ走り続け、もはや全身でよがっていた。みずから宣言した通り、発情した獣の牝になって、肉の悦びを謳歌しているようだ。

「きっ、気持ちいいですか？」

声をかけてみると、綾音は薄眼を開け、怯えたような顔でこちらを見上げてきた。

「きっ、気持ちよくなんかっ……気持ちよくなんか、ないっ……」

首を横に振っているが、あきらかに気持ちがよさそうだ。

「本当ですか？」

拓海は両手を伸ばし、汗まみれの双乳を揉みしだいた。ぎゅうっと指を食いこませては、左右の乳首をつまみあげた。

「ああっ、いやっ……あああっ、いやあああっ……」

喉を突きだし、細い腰をくねらせて、あえぎにあえぐ。どう見ても発情しきっているのに、実和子のように「いい」と言わず、「いや」しか口にしないのが腹立たしい。

「気持ちいいんでしょ？」

左右の乳首をつまみあげたまま、腰使いに熱をこめる。ぬんちゃっ、ぬんちゃっ、と粘りつくような音がたち、綾音が羞じらう。だが、それも一瞬のことで、すぐに手放しでよがり始める。いやいやと言いつつも、蜜の分泌はものすごい。お互いの陰毛をびっしょり濡らし、玉袋の裏まで垂れてきている。

「ねえ、気持ちいいんでしょ？　正直に言ってくださいよ……ねえっ！　ねえってばっ！」

いちばん奥をずんずんと突いてやると、

「ああああああーっ！」

綾音は長い黒髪をざんばらに乱して、ちぎれんばかりに首を振った。

「あっ、あたってるっ……いっ、いちばん奥までっ……とっ、届いてるううううーっ！」

「ここがいいんですか？」

拓海は新たな急所を発見したことに、小躍りしそうになった。両手で細い腰をがっちりつかんだ。そうしたほうが、強く深く突きあげることができるからだった。両手で腰を引き寄せるようにして、連打を放った。

「あああああーっ、いいいいいーっ！」

ついに綾音の口から「いい」という言葉を吐かせることに成功する。

「いいんですか？　気持ちいいんですか？」

「いいっ！　いいっ！　気持ちいいいいいーっ！」

拓海はガッツポーズをつくりたくなった。もはや綾音は、快楽に翻弄されるあまり、理性もプライドも失っている。虚勢さえ張れなくなっている。

言ってみれば、快楽の奴隷だ。いまならどんな理不尽な要求を突きつけても、やってくれそうだ。

「どこが気持ちいいんですか？」

先ほどの質問を、もう一度してみた。

「言えないっ！　言えませんっ！」

言いつつも、羞じらいを忘れた大胆さで身をよじる。拓海の送りこむピストン運動のリズムに乗って、巨乳をタプタプと揺れはずませる。

「言えないんですか？」

「言えないっっ！　言えるわけないでしょっ！」

「言えないならやめちゃいますよ」

ＡＶ男優の真似をして、なんの気なしに口にした台詞だったが、綾音は眼を見開いた。眼尻に発情の涙を浮かべて、すがるように見つめてきた。

「やっ、やめないでっ！　絶対にやめないでっ！」

「だって言えないんでしょ？」

拓海は腰使いに力をこめた。リズムを崩さないぎりぎりのところまでピッチをあげ、いちばん奥をずんずんと突いてやる。

「あああああーっ！」

綾音は眼を開けていられなくなり、真っ赤に紅潮した顔で、眉根をどこまでも寄せていく。

「どこが気持ちいいか、言ってください」

拓海は突いた。

「言わないと抜きますよ。抜いちゃいますよ」

突いて突いて突きまくる。

「ああっ、いやっ……抜かないでっ……抜かないでえええっ……」

「言わないと抜きます」

「言えないっ！　言えないっ！」

「じゃあ抜きます。抜いちゃいます」

「オッ……オマンコッ！」

綾音の口から、ついに卑語が飛びだした。

「オッ……オマンコがいいのっ……オマンコ、めちゃくちゃにしてほしいのっ……あっ、突いてっ……もっと突いてえええええっ……」

言え言えと迫りながらも、拓海はまさか、綾音の口から卑猥な四文字が飛びだすとは思っていなかった。しかし言った。よほど抜かれたくないのだろう。このまま続けてほしいのだろう。

その姿は、男の本能に火をつけた。もっと突いて、もっとめちゃくちゃにしてやりたくなった。

「いやらしいなっ！　なんてこと口にするんですかっ！」

「だってっ……だって気持ちいいのっ……オマンコ気持ちいいのっ……」

「イキそうなんですか？」

「イッ、イキそうっ……もうイッちゃいそうっ……」

「じゃあ、イクときはイクって、ちゃんと言ってくださいよ。さっきみたいに誤魔化したらダメですからね」

「くぅううぅーっ！」

綾音の背中が弓なりに反り返った。

「もっ、もうダメッ……イッちゃうっ……オマンコよすぎるっ……イクッ……イクイクイクッ……はっ、はぁおおおおおおーっ！」

ビクンッ、ビクンッ、ビクンッ、と綾音の腰が跳ねあがる。拓海が両手でそこをつかんでいなければ、どこかに飛んでいきそうな勢いでジタバタと暴れだす。

「おおおっ……おおおおっ……」

激しく痙攣する女体を突きあげながら、拓海は鬼の形相になった。これが中イキの衝撃か、と思った。指や舌でイカせるのと全然違った。女体の痙攣が、ヌメヌメした肉ひだを通じて、ペニスに生々しく伝わってくる。蜜壺自体が、にわかに締まりを増したような気がする。まるで、男の精を吸いだそうとするかのように……。

「おおおーっ！　うおおおおおーっ！」

耐えがたい衝動に、拓海は抗《あらが》いきれなかった。リズムが崩壊するのも厭《いと》わず、めちゃくちゃに腰を動かした。抜き差しだけではなく、根元まで入れた状態でぐりぐりと攪拌《かくはん》した。体のバランスが保てなくなり、ジタバタと暴れている綾音に抱きついた。そうすると、アクメの痙攣がますます伝わってきて、頭の中が真っ白になった。

「でっ、出るっ……もう出るっ……おおおおっ……うおおおおおーっ！」

最後の一打を打ちこむと、ペニスの中心が熱く燃えあがった。勃起しきった肉棒が、ドクンッ、ドクンッ、と震えながら、男の精を放出していた。ただの放出ではなかった。白濁の粘液が尿道を駆け下っていくほどに、全身を揉みくちゃにされるような快感が訪れた。渾身《こんしん》の力で、綾音を抱きしめた。そうしていないと、体がバラバラに吹き飛ばされてしまいそうだった。

第四章　人妻と電動歯ブラシ

1

「今日もいい天気、家政夫日和だ」

自宅アパートのカーテンと窓を開け、朝陽を浴びた拓海は、両手をひろげて大きく伸びをした。家賃が安いだけが取り柄のボロアパートだが、高台に建っているので窓からの景色は悪くない。朝陽が燦々《さんさん》と差しこむこの時間は、リゾートホテルにも負けない癒やしを与えてくれる。

すがすがしい気分だった。

体が妙に軽く感じられるのは、気のせいだろうか。昨夜は遅くに帰ってきたので、睡眠時間は短かった。普段は使わない筋肉を使ったので、筋肉痛だって残っている。それでも、シャワーを浴びて自宅アパートを飛びだすと、スキップでもしたくなってきた。

昨夜……。

人生二度目のセックスを経験した。相手は三十路の人妻にして、タイトスーツのよく似合うキャリアウーマン。女子アナと見まがうばかりの美形で、スタイル抜群。それだけでも大金星と言っていいのに、拓海はベッドで彼女をリードすることができた。支配したと言ってもいい。なにが功を奏したのかはよくわからないが、とにかく綾音をひいひいよがり泣かしてオルガスムスに導くことに成功した。一週間前には、夢にも考えられないことだった。

「乱れちゃいましたね？」

事後、ニヤニヤしながら顔をのぞきこむと、

「……うるさい」

綾音は恥ずかしそうに眼をそむけ、決して視線を合わせてくれようとしなかった。

「照れなくてもいいじゃないですか。僕たち、体の相性が抜群にいいんでしょうかね？」

いくらクンニの研究をしたり、ＡＶ男優の腰使いを真似したといっても、普通に考えて、童貞を捨てたばかりの自分にそれほどのテクニックがあるとは思えなかった。相性がいいと判断するのが、妥当なところだろう。

それでも拓海は、勝ち誇った顔ではしゃぐのをやめられなかった。

「マジで嬉しいですよ、綾音さんをイカせることができて」

背中を向けた綾音を後ろから抱きしめ、巨乳をやわやわと揉みしだく。

「女の人の絶頂ってすごいんですね。あんなにビクビク痙攣するなんて……ＡＶで観たことはありましたけど、観るのと経験するのとでは大違い。いやー、思いだすだけでまた硬くなってきちゃいそうですよ」

半勃《はんだ》ちのペニスをヒップに押しつけると、本当に硬くなってきた。二十歳の拓海は、精力だけはあり余っていた。

「うるさいって言ってるでしょ」

綾音が振り返って、拓海の頬を叩いてくる。あまりに弱々しいビンタだったので、拓海は笑ってしまいそうになった。一週間前に受けたやつは、顎に食らえば気絶させられそうだったが、いまのビンタでは蚊《か》も殺せない。

ニヤニヤがとまらない拓海をよそに、綾音はむせび泣きはじめた。「馬鹿、馬鹿」と震える声で言いながら拓海の胸を叩き、嗚咽《おえつ》をもらした。泣き顔を見られないように、拓海の胸に顔を押しつけると、号泣が始まった。

さすがに驚いた。

「どっ、どうしたんですか？　泣くことないじゃないですか……」

拓海はあわてて綾音を抱きしめ、やさしく髪を撫でてやった。

童貞に翻弄されたことがよほど悔しいのだろう。あるいは、お尻の穴を舐められて乱れたことにショックを受けているのかもしれない。いやいや、さすがにオマンコと言わせたのがまずかったのでは……。

心配しつつも、拓海は胸を躍らせたままだった。

泣いている綾音は可愛かった。

嗚咽をもらし、声を震わせ、体を熱く火照《ほて》らせていく綾音が、可愛くてしかたがなかった。

十も年上なのにそう思ってしまったのは、やはりきっちりイカせた後だからだろうか。一週間前なら、間違っても可愛いなどと思わなかっただろう。童貞のペニスにラップフィルムを巻きつけてきた彼女は、たしかにドSだった。鬼か悪魔だと思った。しかし、いまの彼女は可愛い。保護欲さえそそられる。

「綾音さん、泣かないで……ね、泣くくらいなら、気持ちのいいことしましょうよ……」

小刻みに震えている唇にキスをし、舌を吸ってやる。口の中に涙が流れこんできて、しょっぱい味がしたけれど、それもまた興奮のスパイスになった。むさぼるように舌を吸い、乳房をまさぐってやると、やがて綾音も反応しはじめた。そんなふうにして二回戦が始まり、二回戦が終わると綾音がまた泣きだしたので、慰めているうちに三回戦が始まった。

深夜まで延々と腰を振りあった。

回数を重ねるごとに拓海は腰使いのコツをつかんでいき、綾音は感度をあげていった。食事もせずにやりつづけたので、終わったときにはまさしく精根尽き果てていて、駐車場まで歩く脚がお互いにガクガク震えていた。綾音が人妻でなかったなら、そのままラブホテルに一泊することを提案しただろう。

帰りは、自宅アパートまで綾音がクルマで送ってくれた。

「それじゃあ、また来週」

別れ際、拓海がニヤけた顔で言うと、綾音は横顔で静かにうなずいた。クールな反応だったが、拒絶されている感じはしなかった。また来週彼女を抱けると思うと、ベッドに入ってもなかなか寝つくことができなかった。

綾音のようなタイプをなんというのだろう？

ドSに見えて、実はドM。いや、ドMというほどではないし、ツンデレとも少し違う。ツンとはしてるが、デレっとはしていない。

感度は高い。セックスが好きなことは間違いない。しかし、淫乱という感じでもないし、ニンフォマニアとはもちろん違うだろう。

拓海としては、セックスが終わるたびにむせび泣くあの感じが、たまらなく好きだった。年下の男に翻弄された悔しさに涙しながら、続きを求められれば応えてしまう、彼女の貪欲さにノックアウトされた。

早く会いたかった。

また抱きたかった。

今度はしばらくオナニーを我慢して、四回戦でも五回戦でも求めてやろうと思った。そこまですれば、彼女ももう泣かないのではないだろうか。拓海の力に感服し、肉の悦《よろこ》びを謳歌するただ一匹の獣の牝になるのではないだろうか。

2

セックスを待ちわびて過ごす一週間は長かった。

仕事はすこぶる好調で、一日に二軒、三軒とまわるようになっても、難なくスケジュールをこなすことができた。

問題は夜だった。オナニーを我慢しているせいで、体は疲れているのに、悶々としてなかなか眠りにつけなかった。おかげで、寝酒の癖がついてしまった。いままでひとりで酒を飲む習慣などなかったのに、仕事帰りにコンビニに寄ると、ビールや缶チューハイを買わずにはいられなくなった。

しかし、酔えば酔ったで、感情がおかしな方向に転がりだすので、注意が必要だった。

いまごろ綾音はなにをしているのだろう……。

考えてはいけなかった。考えれば寝不足になる。綾音は人妻だった。あまり仲はよくないようだが、ひとつ屋根の下に夫とふたりで暮らしている。同じ居住空間に綾音のような美人妻がいれば、男ならむらむらして当然だろう。いつもタイトスーツをキメキメに着こなしている綾音でも、さすがに自宅ではくつろいだ格好をしているはずだった。Tシャツにノーブラで乳首を浮かせていたり、お尻の形が丸わかりになる、ピッチピチのスパッツを穿いてヨガのポーズをとっていたりするかもしれない。

興奮しないわけがない。

それに、綾香の夫はかなりの曲者《くせもの》だった。甲斐性のないヒモのうえ、人前で堂々とパチンコの軍資金を妻に請求するような男なのである。

そんな男と結婚生活を維持している、綾音の気持ちがわからなかった。一流企業に勤めている彼女は、生活力がある。相手が誰であれ、物怖じせずに意見を言うことだってできるだろう。そうでなければあそこまで自信満々の態度が説明できない。にもかかわらず、ダメ夫には弱い。

考えられる理由があるとすれば、ひとつである。

夫婦の寝室で、夫にイニシアチブを握られているのである。夫のほうも、自分は甲斐性のないヒモだから、夜の営みくらいは頑張らなければと張りきっている可能性が高い。

綾音はああ見えて、快楽に弱い。普段はドSの仮面を被っているくせに、一度イカされただけでキャンと言わされた犬のようにおとなしくなり、その後は快楽を与えてくれた男の言いなりになる。

ついこないだまで童貞だった拓海が相手でも、そうだったのである。曲者の中年男なら、拓海など比べものにならないくらいの、淫らなテクニックや手練手管《てれんてくだ》をもっていてもおかしくない。たとえば、寝室のチェストの中には、ヴァイブがずらりとコレクションされているとか。AVでよくあるように、電マで潮吹きに追いこんでいるとか……。

いやいや、そんな可愛いものではなく、実は高慢なキャリアウーマンである妻を、性奴隷として調教しきっていることだって考えられる。

ベッドでの綾音には、ちょっとドMっぽいところもあったので、本当にありそうで想像すると怖くなってくる。犬の首輪をつけられたり、荒縄で縛りあげられたり、さらにはロウソクや浣腸まで……。

考えてはいけなかった……考えては……。

夜が更けても、拓海の眼は爛々と輝きを増していく。綾音のことを考えると、とても眠れない。このところ毎日、家政夫日和の快晴が続いているが、寝起きで窓を開けたときの気分は、日に日にどんよりしていくばかりだった。


実和子から突然の電話が入ったのは、オナニー我慢ウィークが終了目前となった金曜日のことだった。

「もしもし、拓海くん？」

「ああ、どうも。どうしたんですか？」

毎週土曜日に掃除に行くことになっている綾音と違い、実和子との家政夫契約は不定期だった。千奈がやっているときからそうだったらしい。向こうが都合がいいときに連絡をしてくるので、その都度スケジュールを調整して料理を教えに行けばいいと言われた。

「どうしたもこうしたもないわよ。夫がまた長期出張に行っちゃったのよ。今度は北海道ですって」

「それは……お淋しい……」

「でもきっと、これって神様が与えてくれたチャンスよね。夫がいない間に、料理の腕を磨きなさいっていう。この前の精力のつく料理、夫にとっても評判よかったのよ」

「それはよかった」

「というわけで、今日あたりまた料理を教えにきてくれない？」

「えっ？　今日ですか……」

拓海は口ごもった。実和子に会いたくないわけではなかった。なにしろ彼女は、清らかな童貞を捧げた女神様である。夫が出張中となれば、この前に引き続き、エッチな展開も期待できるというものだが……。

「ごめんなさい。今日は先約が入ってるんですよ」

「えーっ、まだお昼じゃない。わたしのほうは夜でもいいから」

「午後七時過ぎでも？」

「大丈夫、大丈夫。時間外だから割増料金になる?」

「いえいえ、そんな……実和子さんから余計なお金をとれるわけないじゃないですか。通常料金で大丈夫です」

「どうして?」

「いや、だって……」

童貞を捧げた相手だから、とはさすがに言えなかった。電話をとったのが、バス停の行列の中だったからである。

「とにかく、午後七時過ぎには行きますから。半までにはならないと思います。食材は……」

「あっ、それはわたしがスーパーで調達しておく」

「じゃあ、お願いします」

拓海は電話を切り、溜息をひとつついた。少し淋しかった。拓海はたしかに、彼女に童貞を捧げた。拓海にとっては、二十年間の人生で最大のイベントだったと言っていい。

だがもしかすると、実和子にとっては、たいしたことではなかったのかもしれない。

忘れてしまっていいようなことなのかもしれない。

夫思いの彼女のことだ。拓海とのリハーサルを踏み台に、夫と思う存分燃え盛り、さらなる夫婦円満を図るために、料理のレパートリーを増やそうと考えて電話をしてきた——ただそれだけのことであったとしても、拓海に責めることはできなかった。

「……ふうっ」

深い溜息がもれてしまう。人妻と関係をもつのはせつないものだ。とびきりエロい存在ではあるけれど、その陰には夫の姿が見え隠れしている。夫と毎晩燃え盛っているから、あるいは夫に相手をされなくて欲求不満だから、人妻というものはエロいのである。

いずれにしろ、まだ独身の拓海は、嫉妬に胸を焦がすしかない。

3

午後七時三十分、拓海はなんとか実和子の家に辿りつくことができた。

「すいません、遅くなりまして」

「いいの、いいの。さあ、あがって」

実和子は笑顔で応じてくれた。前の現場は家具の移動や庭の草刈りなど、力仕事が中心だったので、拓海は疲れていた。疲れた心身に、実和子のやさしい笑顔が染みた。癒やされたと言ってもいい。

ドSの仮面を被っているのに、実は泣き虫な綾音も可愛いけれど、結婚するならやはり、実和子のようなタイプがいいのかもしれない。超絶美人でなくとも、ふんわり包みこんでくれるような雰囲気が素敵だ。外で汗水垂らして働くのが男の役割なら、家では実和子のような嫁に待っていてもらいたい。

「……んっ？」

リビングに入ると、いい匂いがした。驚いたことに、テーブルに料理が並んでいた。牡蠣とほうれん草のドリア。山芋、納豆、おくらの小鉢。にんにくとマッシュルームのアヒージョ。さらには、にらのナムルまで……。

すべてこの前、拓海が実和子に教えた料理である。

「豚の角煮はね、いまプレッシャーパンの中」

実和子が得意げに鼻をもちあげる。

「どう？　すごいでしょ」

「いやー、びっくりですよ」

拓海は眼を丸くして答えた。

「見た目は完璧……いや、やっぱり女性ですよね。盛りつけ方が僕より華《はな》やかでおいしそうだ」

お世辞ではなかった。この前は料理のコツを伝えるのが目的だったので、シンプルな皿を使っていたのだが、今回は器まで凝っている。

「あとは味よね。座って、座って」

実和子にうながされ、拓海はテーブル席に腰をおろした。スプーンを手に持ち、まずはドリアから口に運ぶ。悪くない。続いて小鉢やアヒージョの味見もしたが、文句のつけようがなかった。

「すごいですね。うん、すごい再現性です」

「でしょ、でしょ。わたし、教わったことをそのままやるのは得意なの。アレンジ能力がないから、自分でレパートリー増やすのは苦手なんだけど、きちんと教わればできる子なのよ」

「感心しました。これならご主人も喜んでくれたでしょ？」

実和子の顔から、ふっと笑顔が消えた。食事用のテーブルには椅子が二脚あり、向かいあって座っていたのだが、実和子はわざわざ一度立ちあがり、拓海の隣に椅子を運んできた。

「意地悪ね……」

恥ずかしげに頰を赤らめながら、つんつんと肘で突いてくる。ひとり用の席にふたりで座っているから当然窮屈で、体がほとんど密着している。

「たしかにわたしは、夫に精力がつくような料理をリクエストしましたよ。でも、まさか、あんなに効果があるなんて……」

「効果、あったんですか？」

「あったなんてもんじゃないわよ」

実和子は顔をあげ、真顔で続けた。

「うちに帰ってきたとき、夫はもうヘトヘトな感じだったの。出張中、ほとんど休みもなく働いてたんですって。だからね、帰ってきたその日にメイクラブを求めるのは、さすがに酷《こく》かなあってわたしも思ったわけよ。でも、せっかく習ったんだから、お料理だけはつくりましたけどね。そしたらなに？　ベッドに入るなりむしゃぶりついてきて、全然寝かせてくれないんだから……朝までよ、朝まで。窓の外が白々と明るくなっても、まだ腰を振りあってて……すごかった。わたしのほうがグロッキーだったもん。新婚時代だって、そんなことなかったわよ。うちの夫、もともと野獣系でもなんでもないし……」

「そっ、そうですか……」

拓海は苦笑をひきつらせた。複雑な気分だった。自分のレシピが役に立ったことは、率直に嬉しい。しかし、その結果、実和子がグロッキーするまで夫婦生活を営んだとなると、嫉妬に胸を揺さぶられる。こちらは間男《まおとこ》で、相手は夫なのだから、嫉妬してもしようがないのはわかっているのだが……。

「でも、それ……きっと料理のせいだけじゃないですよ」

「そう？　ふふっ、わたしもそう思う」

実和子は我が意を得たりという顔でうなずいた。

「夫が帰ってくる前の日、拓海くんとエッチしちゃったじゃない？　きっとそのせいで、エロエロ光線を出してたのよ。こんなわたしでも、浮気をしたことにちょっとは罪悪感があったわけ。でも、結果的にこれでよかったのかも。いくら自分の妻だって、色気がなければ抱きたくならないだろうし、エッチしなくちゃ色気も出ないしね。さよなら罪悪感、って感じ」

「そっ、そうですか……」

拓海はそれ以上言葉を継げなかった。拓海が言いたかったのは、男がひと月も出張していれば、セックスがしたくなって当然というようなことだったのだが、実和子の意見はそのレベルを遥かに超えていた。

「だってね、求められたの、その日だけじゃないんだもの。うちにいた間、毎日よ。残業もしないで定時で帰ってきて……一度なんて、会社を早退してきたんだから、驚いちゃうでしょ。エッチするためによ」

「たしかに……驚いちゃいますが……」

「でしょ、でしょ。しかも、帰ってくるなり、ここでされたんだから。リビングでスカートまくられて立ちバック……そんな人じゃなかったのに。これはもう、絶対わたしがエロエロ光線出しているせいよ」

拓海は息を呑んだ。実和子の手が太腿に置かれたからだ。

「でもね……」

実和子の表情がにわかに曇った。

「その結果、どうなったと思う？」

「……どう、と言いますと」

「毎日毎日、情熱的に愛しあって……こんな生活が毎日続いたら幸せだなあ、って思ってたら……」

「……思ってたら？」

「またもや、一カ月の長期出張よ。ひどすぎるわよ。まったく、社長のくせに一兵卒みたいに働くことないのに」

「たしかにひどいですね、この前帰ってきたばかりなのに」

「残されたこっちは、淋しくてしようがないじゃない。でもね、プンプン怒ってても しかたないから、前向きに考えることにしたの」

「ポジティブ・シンキングですね」

「そう！　夫が留守の間に料理の腕を磨いて……エロエロ光線のほうも、ね。こっそり磨いておこうかな、なんて……」

拓海は大きく息を呑んだ。太腿を撫でていた実和子の手が、股間に迫ってきたからである。

「あっ、あのう……」

「協力してくれるわよね？」

潤んだ瞳で見つめられ、拓海はなにも言えなくなった。

なにがエロエロ光線だ、と胸底でつぶやく。要するに実和子は、夫の急な出張で淋しくなった体をもてあまし、拓海に連絡してきたのである。遠まわしに言っているが、とどのつまりはセックスがしたいのである。

もちろん、それを責める資格など、拓海にはなかった。

実和子は童貞を奪ってくれた恩人だった。恩返しができるなら、なんでもしたい。体が淋しいなら、慰めてあげたい。

いや……。

そんなことを考えていられたのも、束の間のことだった。

「ふふっ、どうしたの？」

実和子がグラマーな唇に、淫靡な笑みを浮かべる。

「ちょっと触っただけでこんなに大きくなっちゃうなんて……もしかして、拓海くんも、わたしとしたかった？」

「あっ、いや……」

ご指摘の通り、拓海は痛いくらいに勃起していた。三十五歳の熟妻の手指でいやらしく撫でまわされれば、ズボンの中でペニスは熱い脈動を刻みはじめ、身をよじらずにはいられない。

だがそれは、この一週間、オナニーを我慢しつづけているせいでもあった。男の精が溜まりに溜まっているから、ちょっとの刺激でアクセル全開、興奮がレッドゾーンを振りきってしまうのである。

「ねえ……」

実和子がささやく。顔が近い。吐息が匂う。

「ベッドに行かない？」

ごくりと生唾を呑みこんでから、拓海はうなずいた。

のである。


バスルームを借りてシャワーを浴びた。

前の現場で汗をかいていたので、さすがにそのままベッドインするのは気が引けた

4

思わぬ展開だった。

オナニーを我慢して一週間、熱いシャワーを浴びながらも、勃起はおさまる気配がなく、股間で隆々と反り返ったままだ。

もちろん、綾音のために精を溜めこんでおいたのだが、こうなった以上、実和子を抱くしかない。抱かずに帰れるわけがない。

なーに大丈夫、と反り返ったペニスを眺めて独りごちる。今晩一度射精したところで、弾《たま》切れにはならないだろう。むしろ、今日は実和子、明日は綾音という状況を楽しめばいい。いずれ劣らぬスケベな人妻を二夜連続で抱けるのだから、これ以上の贅沢はない。

それにしても……。

夫婦ふたり暮らしのバスルームには、甘い生活感が漂っているものだ。シャンプーやコンディショナーが、男用と女用と二種類置かれている。洗面所には、揃いの電動歯ブラシが二本。

やはりここは他人の家であり、実和子は人妻だった。色気が出るなら浮気も辞さないと彼女は先ほど宣言していたけれど、悪いことをしているのは事実だった。緊張しながら体を拭き、腰にバスタオルを巻く。階段を昇っていき、実和子の待つ寝室の扉をノックする。

「……どうぞ」

中から声が聞こえたので、扉を開けた。この部屋に入るのは、初めてではなかった。ムーディな間接照明がともされ、部屋の中央には巨大なベッドが鎮座している。童貞を失った、思い出の舞台である。

ベッドの上で、実和子は膝を抱えて座っていた。

眼を向けた瞬間、度肝を抜かれた。全身をスケスケの黒いナイロンで覆う、ボディストッキングを着けていたからである。

「どう？」

潤んだ瞳でささやかれても、言葉を返せなかった。首から上と、手首から先以外、すっぽりと黒いナイロンで覆われている衝撃的なコスチュームだった。

拓海はもともと、黒いストッキングが好きだった。駅の階段などで、それを着けた女が先を歩いていたりすると、得をした気分になる。それが全身である。体育座りをしているので股間の様子は見えないが、おそらくショーツを着けていない。腰のあたりに、それらしきものが見えないからだ。

「いまは通販でなんでも手に入っちゃうのね」

独得の甘いウィスパーヴォイスで、実和子がささやく。色気を売り物にしたハリウッド女優のような、濃厚なフェロモンが漂っている。玄関で顔を合わせたときはやさしい笑顔に癒やされたのに、別人のようにセクシーだ。

「これはまだ、夫にも試してないいんだから。拓海くんが最初。興奮する？」

「し、しますっ！」

拓海はうなずき、吸い寄せられるようにベッドにあがっていった。

「すごいエロいですよ……破壊力抜群ですよ……」

まず破壊されたのは、罪悪感だった。二本の歯ブラシを見て胸を痛めていたことなど、きれいさっぱり頭から吹き飛んだ。

近くで見ると、極薄の黒いナイロンに、乳首が透けていた。ショーツはやはり穿いていなかったので、黒い草むらも見える。いや、それらももちろんセクシーなのだが、なにより女らしいボディラインが強調されているところがいい。腰のくびれも胸のふくらみも、裸でいるよりいやらしく見えるから不思議である。

「好きにしていいのよ……」

ささやく表情がセクシーすぎる。実和子はベッドで、決して笑わない。普段のやさしげな笑顔を封印して、エロスを前面に押しだしてくる。濡れた瞳、紅潮した頬、そして半開きになったグラマーな唇……。

「みっ、実和子さんっ！」

拓海はむしゃぶりついていった。実和子は両手をひろげて受けとめてくれる。だが、熱い抱擁を交わし、ベッドに押し倒した瞬間、拓海の脇腹になにかがあたった。乱れた掛け布団の下に、硬いものがある。

「……なんですか、これは？」

手にした拓海は、唖然とするしかなかった。

電動歯ブラシだった。

なぜそんなものが、ベッドの上にあるのだろう。

「やだ」

実和子は真っ赤になって体を起こし、拓海の手からそれを奪った。恥ずかしそうにもじもじしている。意味がわからない。

「歯ブラシなら……洗面所にありましたけど……二本……」

「あれは歯を磨く用」

「じゃあ、それは？」

「意地悪ね！」

実和子が唇を尖らせて肩を叩いてくる。

「わたし言ったでしょ。夫が急に長期出張になって淋しかったって……」

「言いましたけど……」

淋しいと、なぜベッドに電動歯ブラシを持ちこむのだろうか。

「まさか……」

拓海はハッと息を呑んだ。

「まさか……それを使って……」

「なによ……」

実和子が拗《す》ねた顔でじっとりと見つめてくる。

「いや、だから、その……」

「……見せてあげましょうか？」

実和子の瞳が悪戯《いたずら》っぽく輝いた。

「これ……どうやって使ってるか……」

電動歯ブラシのスイッチが入れられる。間接照明がムーディにともった寝室に、ジィイイーという振動音が妖しくこだまする。

拓海は息を呑んだまま動けなくなった。ボディストッキングだけでも度肝を抜かれたのに、黒いナイロンに包まれた乳房の先端に、電動歯ブラシが近づいていく。歯を白く磨きあげるため、一分間に数千回も振動するという、それで性感帯を刺激しようとしている。

「あんっ！」

振動するブラシが乳首に触れた瞬間、実和子は悩ましい声をあげた。眼の下をねっとりと紅潮させながら、左右の乳首を交互に刺激していく。ベッドに座っていた体がにわかに崩れ、しなをつくりだす。ハアハアと呼吸をはずませながら、左手で乳房まで揉みはじめる。

いやらしすぎる光景だった。

女のオナニーを目の当たりにしたのは、もちろん初めてだった。しかも、ボディストッキングと電動歯ブラシのコラボとは、衝撃的すぎて瞬きもできない。

「あああっ……はぁあああっ……」

実和子が喜悦に身をよじりだすと、極薄の黒いナイロンの中で豊満なふくらみが揺れた。電動歯ブラシの刺激を受けた乳首はみるみる尖りきっていき、ナイロンに押さえつけられて苦しそうだ。いや、こすれて気持ちいいのかもしれない。想像するだけで、こちらも身をよじってしまう。むしゃぶりつきたくてたまらないが、それはできない。

電動歯ブラシが、まだ肝心なところを刺激していないからだった。

もちろん乳首も感じるのだろうが、それは前菜のようなもので、メインディッシュはこれからなのである。

期待と興奮が伝わったのか、実和子は拓海の方をチラチラ見ながら、体をあお向けに横たえた。

「やだ、恥ずかしい……」

もじもじと身をよじりながらも、見られることに興奮していることはあきらかだった。こちらに見せつけるように、両脚をひろげていった。拓海は身を乗りだした。部屋が薄暗いせいもあり、肝心なところはよく見えなかった。

だがしかし、熱気のようなものが伝わってくる感じがした。実和子の大事な部分はいま、極薄のナイロン一枚に覆われている。その向こうで、おそらく濡れている。びしょ濡れになって熱く疼いている。顔を近づけていけばきっと、獣じみた匂いが嗅げるのではないだろうか。

ジイイイー、ジイイイイー、と振動する電動歯ブラシが、いよいよ股間に近づいていった。

「んんんっ……」

こんもりと盛りあがった恥丘にブラシが触れる。強く押しつけたりせず、触るか触らないかぎりぎりのところでとめているのが、妙にいやらしい。ブラシが下に向かう。ぶるぶるっ、ぶるぶるっ、と肉づきのいい太腿が震えだす。黒いナイロンにぴったりと包みこまれているから、生身よりエロティックに見える。

「あああーっ！」

実和子が甲高い声をあげてのけぞった。ブラシがついに、クリトリスにあたったようだった。太腿の震えが倍の勢いになり、腰がくねりだした。ボディストッキングの中で、豊満な乳房が揺れていた。上下に激しく揺れはずんでいるから、尖った乳首が痛烈にこすれているに違いない。

「ああっ、いいっ！　きっ、気持ちいいいいっ……」

ひとりボルテージをあげていく実和子を前に、拓海はいても立ってもいられなくなってくる。いつの間にか、手に汗を握っている。自分でもうるさいくらいに、鼻息がはずんでいる。

「ねっ、ねえ……」

実和子が瞼をもちあげ、ねっとりと潤んだ瞳を向けてきた。

「わっ、わたし、イッちゃいそうっ……イッてもいい？　このままイッてもっ……」

ブリッジするように腰をもちあげ、股間を振動するブラシに押しつけていく。宙に浮いた腰が時折、ガクガク、ガクガク、と震える。

「ダッ、ダメですっ！」

拓海ははじかれたように叫び、実和子の手から電動歯ブラシを奪った。スイッチを切って、耳障りな振動音を鳴らなくした。

5

「……なにするの？」

実和子は量感のあるヒップをベッドに落とし、恨みがましい眼を向けてきた。ハアハアと息をはずませながら、やるせなさそうに眉根を寄せる。

「もう少しでイッちゃいそうだったのに……意地悪」

「みっ、実和子さんこそ意地悪ですよ」

拓海は声を震わせた。興奮に震えているのだった。

「自分ひとりでイッちゃおうとするなんて、僕は置き去りじゃないですか」

「じゃあ、拓海くんがイカせてくれる？」

半開きの唇でささやかれ、拓海はうなずいた。自信はなかったが、曲がりなりにも綾音はイカせることができたのだから、実和子だってなんとかなるだろうと自分を励ます。

腰のバスタオルを取り、勃起しきったペニスを揺らしながら実和子に身を寄せていった。ボディストッキングに包まれた三十五歳の熟れた体は、この世のものとは思えないほどいやらしい抱き心地がした。

極薄のナイロンのざらついた手触り――それが全身に及んでいるのである。抱きあえば、腕でも胸でも腹部でも、ナイロンと熟れた体のハーモニーが味わえる。もちろん、ペニスにもあたっている。実和子が身をよじってこすれると、気が遠くなりそうなほど気持ちいい。

「……ぅんんっ！」

唇を重ね、舌をからめあう。さすがにもう自然にできるようになっている。それでも、欲望はつんのめっていく。ボディストッキングに包まれた体の抱き心地と、ねちゃねちゃと音をたてて するディープキスに、我を失いそうになってしまう。

「あっ、あのう……」

我を失う前に、声をかけた。

「忠誠を誓うキス、させてもらっていいですか？」

もちろん、という眼つきで、実和子がうなずく。

拓海は上体を起こし、実和子の足の方に移動した。実和子はうつ伏せに体を反転させようとしたが、それより早く、拓海は彼女の両脚を大きく開いた。

「やんっ……」

羞《は》じらう隙も与えないで、そのまま体を丸めていく。マングり返しの体勢に押さえこみ、両脚の間から実和子の顔をのぞきこむ。

「……エッチ」

実和子は唇を尖らせつつも、興奮を隠しきれない。拓海もまた、興奮に眼をギラつかせている。自分でやっておきながら、マングり返しとはなんていやらしい体勢なのかと戦慄を覚える。

「頭いいのね。これなら、前からでも忠誠を誓うキスができるもんね」

「……はい」

拓海はアヌスのあるあたりに、チュッと音をたてて口づけした。

「あんっ!」

実和子は声をあげたが、拓海は納得いかなかった。アヌスとナイロンの間に少し隙間ができているので、口づけをした実感に乏しい。もう一度、今度は唇ではなく、舌を伸ばした。隙間を埋めつつ、舐めまわした。やはり舌のほうが、すぼまりの形がよくわかる。

「あああっ……そっ、そんなにっ……そんなにお尻の穴ばっかりっ……なっ、舐めないでえええっ……」

実和子がくすぐったそうに身をよじったので、拓海は右手を割れ目に伸ばした。こちらはナイロンがぴったりと張りつき、形状を生々しく浮きあがらせている。中指を立てて、縦筋をなぞる。じんわり湿った花びらを、極薄のナイロン越しに触れるとぞくぞくするほど興奮する。

そうしつつ、アヌスもたっぷり舐めまわしてやると、

「ああっ、ダメッ……ダメようっ……」

実和子は本格的によがりはじめた。割れ目をなぞればなぞるほど、奥から蜜が染み

だしてきて指腹を濡らす。アヌスは逆だ。唾液のしたたる舌で舐めまわしているので、ストッキングの外から濡れていく。黒いナイロンの下では、セピア色のアヌスがテラテラに濡れ光っているだろう。

「ねえ、拓海くん……」

実和子が真っ赤な顔でささやいてくる。

「スッ、ストッキング……破ってもいいわよ……」

「……マジすか」

拓海は息を呑み、極薄のナイロンをつまみあげた。これは男の夢だと思った。男なら誰だって、ストッキングを破りたいと思っている。しかも、ショーツを穿いていない直穿きなのである。

指先に力を込めて引き裂くと、ビリッというサディスティックな音に、体の芯が震えた。黒いナイロンから、生々しいアーモンドピンクの花びらが現れる。さらに破り、アヌスまで露出させる。テラテラと濡れ光りながら呼吸をするように収縮している姿は、予想を超えた淫らさである。

いやらしい……いやらしい……。

拓海は胸底で呪文のように唱えながら、舌を躍らせた。花びらをめくりあげ、しゃぶりまわした。薄桃色の粘膜が見えてくると、舌先を尖らせてヌプヌプと差しこんでやる。

「ああっ、いいっ！　上手よっ……とっても上手っ……あううっ！」

拓海は薄桃色の粘膜を舐めまわしながら、クリトリスを右手でいじりはじめた。剛毛を掻き分け、中指を使って包皮の上からこねてやる。さらに、舌先で割れ目をなぞっていき、チロチロと舐め転がす。指と舌で交互に刺激し、新鮮な蜜をあふれさせる。

「……あふっ」

マングり返しの体勢を崩すと、実和子は眉根を寄せてハアハアと息をはずませた。体を逆さまにされていたので、苦しかったのだろう。それでも、欲情は隠しきれない。呼吸を整えつつも、しきりに身をよじっている。

拓海は実和子の両脚の間に腰をすべりこませていった。黒いナイロンからそこだけ剝きだしにされた股間が、獣じみて見える。草むらの面積が広く、黒々と茂っているから、よけいに。

「ちょうだい」

実和子が細めた眼で見つめてくる。

「とっても欲しい……拓海くんが……」

「はっ、はいっ……」

拓海はうなずき、きつく反り返ったペニスを握りしめた。息を呑みながら、切っ先を女の園にあてがっていく。新鮮な蜜が、あとからあとからこんこんとあふれてきている。ヌルヌルした卑猥な感触を亀頭に感じつつ、ゆっくりと腰を前に送りだしていく。

「んんんんーっ！」

ずぶりっ、と亀頭を埋めこむと、実和子の顔が歪んだ。さらにずぶずぶと奥に進む。よく濡れている。もうゆるい感じはしない。濡れた肉ひだが吸いついてくるのを感じながら、女体とひとつになる歓喜を噛みしめる。

「ああああーっ！」

ペニスを最奥まで埋めこむと、実和子は激しく身をよじった。黒いボディストッキングに身を包み、それが股間だけ破られてペニスに貫かれている彼女の姿は、身震いを誘うほどいやらしかった。

じっとしていられず、すかさず腰を動かしはじめる。ヌメヌメした肉ひだの感触に興奮しつつも、血走るまなこで実和子の全身をむさぼり眺めることをやめられない。

黒いナイロンに包まれた体がくねる。両手をあげて枕をつかみ、胸を反らせるようにしているから、豊満な双乳がひときわ盛りあがって見える。その先端で、乳首が鋭く尖っている。

拓海は腰を振りたてながら、両手を左右の乳首に伸ばしていった。なめらかな見た目の黒いナイロンが、そこだけぽっちり浮きあがっている。

爪を使ってくすぐってやると、

「あううううーっ！」

実和子は汗ばんだ喉を突きだしてのけぞった。感じるらしい。乳首をつまみあげてやれば、実和子はさらに甲高い悲鳴をあげる。ガクガクと腰を震わせて、股間に咥えこんだペニスを食い締めてくる。

「おおっ……おおおっ……」

拓海は喜悦に顔を歪めながら、乳首のあたりのナイロンを破った。左右とも、尖った乳首だけ露出させた。ボディストッキングに包まれた実和子の体は、ますます卑猥さを増していくばかりだ。

「あううーっ！　はぁうううーっ！」

剝きだしの乳首をつまみあげて、突いた。童貞喪失のときは、自分でも情けなくなるほど不細工な腰使いしかできなかったが、綾音との荒淫を経て、コツをつかみつつあった。

ぬんちゃっ、ぬんちゃっ、と粘っこい音をたてながら、勃起しきったペニスを抜き差しする。腰を振るほどに、身の底からエネルギーがわきあがってくる気がする。腰を振りつつ、乳首をいじる。こよりをつくるようにひねったり、唾液をつけて転がしたり、小技も織り交ぜて刺激してやると、実和子はいよいよ手放しでよがりはじめた。

「ああっ、いいーっ！　すごいいいいいーっ！」

豊満なボディをバウンドさせてよがる姿を見せつけられ、拓海はますます力をこめて突きあげる。前回、実和子はここまで感じていなかったはずだ。やさしく童貞を喪失させることを優先し、自分の快楽は後まわしにしてくれたのだ。彼女の思いやりに気づき、胸が熱くなった。

ならば今度は、こちらが奉仕しなければならない。三十五歳の熟れた体を満足させるまで、突いて突いて突きまくらなければならない。いや、所詮は初心者の腰使いだ。突くだけでは物足りないかもしれない。

「あひぃいいいーっ！」

実和子がカッと眼を見開いた。乳首をいじっていた拓海の右手が、クリトリスに移動したからだった。親指を使って、敏感な肉芽をはじいてやった。ペニスを抜き差しするピッチに合わせて、チロチロ、チロチロ、とはじきまわしてやる。

「ダッ、ダメッ……ダメようっ……」

実和子が切羽つまった顔で見つめてくる。

「そんなのダメッ……そんなことしたらっ……はぁあああーっ！」

言葉の途中で、喉を突きだして悶える。その体は、もはや快感に翻弄されきっているように見えた。おそらく、オルガスムスは目前の様相である。実和子をここまで追いこめたことで、拓海はさらに燃える。イカせてやりたい。童貞を捧げた女神が、どんなふうにイクのか見てみたい。ピストン運動をより激しくさせていった。

「イッ、イクッ……もうイッちゃうっ……イクイクイクイクッ……はっ、はぁおおおおおおおーっ！」

長く尾を引く悲鳴をあげて、実和子はビクンッ、ビクンッ、と腰を跳ねさせた。いやらしすぎる絶頂ぶりだった。真っ赤に紅潮した顔をくしゃくしゃに歪め、スケスケの黒いボディストッキングに包まれた体を激しく痙攣させている。拓海は上体を被せ、その体を抱きしめた。抱きしめずにはいられなかった。そして突いた。渾身の力を込めて、子宮を亀頭で叩きのめす。

「はっ、はぁあううううううーっ！」

実和子がひときわ甲高い悲鳴をあげる。

「あっ、あたってるっ……奥にっ……奥にあたってるうううーっ！」

叫びながら、ボディストッキングに包まれた体を淫らなまでによじりまわす。それを抱きしめて腰を振りたてる快感は、童貞時代には想像もできないものだった。この世にこんないやらしいことがあっていいのかと思った。拓海は鬼の形相で腰を使った。オルガスムスに達して吸着力を増した蜜壺を突いた。突いて突いて突きまくった。

「もっ、もう出るっ……」

全身が小刻みに震えだした。

「もう出るっ……出るっ……おおおっ……うおおおおーっ！」

ずんっ、といちばん深いところを突きあげた瞬間、下半身で決壊が起こった。ドクンッという衝撃とともに堤防が崩れ、ぐらぐらと煮えたぎっていた欲望のエキスが、尿道を駆けくだっていった。

「おおおっ……おおおおっ……」

ドクンッ、ドクンッ、ドクンッ、と畳みかけるように射精が訪れるたび、拓海は快感に身をよじり、すがりつくように実和子を抱きしめた。実和子もまた、体中を震わせながらしがみついてきた。ドクンッ、ドクンッ、ドクンッ、と射精は続いた。耐えがたいほどの快感というものが存在することを、拓海は生まれて初めて経験した。最後の一滴まで放出すると、すうっと意識を失ってしまった。

6

「やっちまったな……」

拓海は最寄りの駅から自宅アパートへの夜道を歩きながら、独りごちた。

時刻は午前零時過ぎ。拓海が乗ってきたのが終電だった。

全身が水を含んだズダ袋のように重かった。昼間に力仕事をしたうえ、実和子を相手に四回戦までしてしまったので、明日は確実に筋肉痛になりそうだった。

それ以上に、精も根も尽き果てていた。一週間溜めこんでいたはずの精力が、すっからかんになっている実感があった。

いくらなんでも、若さを過信しすぎたかもしれない。

なるほど、拓海は二十歳だった。体力や精力を無尽蔵に感じられてもしかたがない年齢ではある。しかし、もちろんそれはまぼろしだ。体力も精力も有限であり、すっからかんになってしまえば、いくら若くてもひと晩では回復できないかもしれない。

「……ふうっ」

ようやく自宅アパートに辿りついたものの、二階への階段を昇る気力を絞りだすのにしばらくかかった。

いっそのこと、実和子の家に泊めてもらえばよかった。しかし、そう思ったところでもはや後の祭り。泣きたい気分で外付けの階段を一歩一歩上がっていくと、自分の部屋の前に人影があった。

千奈だった。

一瞬、夢かと思ったが間違いない。

「ちょっと！　遅いじゃないの」

近づいていくと、七つ年上のいとこに眼を吊りあげて睨まれた。

「わたしをこんなところで一時間も待たせるなんて、いい度胸ね」

「一時間？　電話してくれればよかったのに……」

連絡もせずに勝手に訪ねてきて、帰りが遅いと怒られても困る。いまの世の中、携帯電話という便利なものがあるのだから……。

「あっ」

拓海はあわててポケットの中からスマートフォンを取りだした。電源が切れていた。実和子とセックスを始める前に切ったまま、忘れていたのだ。

「電話ならしたわよ、何回もね……」

千奈が手のひらにハーッと息を吹きかけたので、

「ごっ、ごめんなさい。とりあえず中に入りましょうよ。お茶でも淹れますから。ね、そんなに怒らないで……」

玄関扉を開け、そそくさと部屋にあがっていく。怒りの形相でハイヒールを脱いでいる千奈を尻目に、お茶を淹れるためのお湯を沸かしはじめる。

「緑茶とコーヒーどっちがいいかな？」

「ビールないの？」

「あっ、あるけど……」

拓海はガス台の火をとめ、冷蔵庫から缶ビールを二本取りだした。眠れない夜のお供に買っておいたものだが、あってくれて助かった。

「どうぞ、どうぞ。乾杯しましょうか」

拓海の部屋は狭い。缶ビールを千奈に渡すと、万年床を折りたたんで座るスペースをつくった。

「なにに乾杯？」

千奈がプルタブを開けながら言う。

「ええっ？　それはその……再会に……ってゆーか、帰ってくるの早くない？　ヨーロッパ一周の旅にしては……」

千奈はそっぽを向いてビールを飲みはじめた。質問に答えたくないらしい。拓海もしかたなく、ビールを喉に流しこんだ。四回戦をこなしたあとだけに、五臓六腑《ごぞうろっぷ》に染み渡っていく。

思わず「くうっ」と唸ると、

「やめてよ、おじさんみたい」

千奈が苦笑した。

「……だよね」

拓海も笑った。内心では、大人扱いされたようで嬉しかった。なにしろ、千奈と会わない間に、大人の階段をしっかり昇ってしまったのである。三十歳と三十五歳の人妻をひぃひぃ言わせて、何度も何度もオルガスムスに導いたのである。

……そうだ！

大切なことを思いだした。千奈は家政夫の仕事を拓海に押しつけるとき、こう言ったのだ。

『きちんとわたしの代わりが務まったら、ご褒美をあげる』

なんでも欲しいものをあげると、約束したのである。

拓海は金で買えるものに興味はなかった。それよりも、清らかな童貞を奪ってほしいと思っていた。残念ながらもう童貞ではないけれど、家政夫を頑張っているご褒美をくれるというのなら、抱かせてもらいたい。綾音や実和子も素敵な女性だが、拓海にとって千奈は初恋の相手であり、いまだ憧れている存在なのである。

「もう一本貰っていいかな？」

千奈が空になった缶を振ったので、

「あっ、はい……」

拓海は立ちあがって冷蔵庫から缶ビールを取りだした。千奈に渡すと、どういうわけか笑っていた。

「どうしたの？」

「乾杯したいことなら、実はあるのよ」

「はあ……なに？」

「わたし、結婚することにした」

「……？　ええっ！」

拓海は素《す》っ頓狂《とんきょう》な声をあげてしまった。

「結婚って……この前、離婚したばかりなのに？」

「そうなのよ。運命の相手っているのよねえ。日本の法律じゃ、女は離婚してから百日は結婚できないから、ゆくゆくはって話だけど」

「相手は？」

「ロンドンで恋に落ちたの」

「まさか外人？」

「日本人よ。向こうの現地法人で働いている人。成田から飛行機に乗って、まず降りたったのがロンドンなのよ。ヨーロッパ一周の旅をするつもりだったけど、そこでいきなり出会っちゃったわけ。好みのタイプのジェントルマンに。だから……」

「旅行は中止」

「そう」

「日本を旅立って二週間かそこらで？」

「それもまた人生」

「なんで日本に戻ってきたの？」

「恋に落ちた相手がさ、社用で一時帰国するっていうから、一緒についてきちゃったの」

拓海は深い溜息をついた。千奈には、昔からそういうところがあった。思いたったら後先考えず、暴走機関車みたいに突っ走ってしまうのだ。順調だった家政婦の仕事を拓海に託してヨーロッパ旅行に出かけたこともそうだし、そもそも前に結婚したときだって、付き合いはじめて二週間かそこらで入籍してしまったのである。

それにしても結婚……。

となると、さすがにセックスのご褒美は望めない。

拓海が遠い眼でビールを飲んでいると、

「あとね、もう一個、乾杯したいことがあるんだけど」

千奈がふっと微笑んで言った。

「なっ、なに？」

拓海は身構えた。嫌な予感しかしなかった。

「頑張ってるみたいね、家政夫の仕事」

「えっ……」

「顧客の人から、いっぱいメールが来てるわよ。あなたがいなくなってどうなるかと思ったけど、代わりの人が本当によくやってくれるって」

缶ビールに缶ビールをぶつけられた。

「よかったね、いい仕事が見つかって。拓海がレストラン辞めていじけてるって話聞いたとき、ホント心配してたんだから。でも、拓海なら大丈夫だとも思ってた。二十歳にもなって頼りないとか、仕事を途中で投げだすなんて情けないなんて、あんたの両親は言ってたけどさ。わたしは絶対、拓海はやればできる子だと思ってたし。ただ、向き不向きがあるだけで……」

拓海は目頭が熱くなっていくのをどうすることもできなかった。男泣きしてしまいそうだった。千奈のやさしさが嬉しかった。普段はドSの彼女だけど、時には容赦ないビンタをされることもあるけれど、心根は誰よりもやさしい女なのである。

第五章　めちゃくちゃにして

1

翌日——。

綾音の部屋に向かう拓海の足取りは重かった。

本当ならスキップでもしているはずなのに、結局体力も精力も回復せず、朝起きた瞬間から疲れきっていた。

しかも、千奈の結婚話が、昨夜から胸に刺さったままだった。不意に話題が変わり、やさしい言葉をかけられて涙ぐんでしまったものの、それとこれとは別問題である。

離婚したばかりなのにまた結婚？

なるほど、傷心旅行で訪れた異国の地で、同郷の人間に言葉をかけられれば、心を許したくなるかもしれない。相手が好みのタイプなら、なおさらそうだろう。

とはいえ、いきなり体まで許してしまうのはいかがなものか。結婚まで口にするのだから、当然肉体関係はあるはずだった。あるに決まっている。せっかくロンドンまで行ったのに、部屋に閉じこもってセックスばっかりしていたのだろうか。

なんだか無性に腹がたつ。

拓海には怒る筋合いのない話かもしれないが、腹がたってしかたがない。

とんだ尻軽女ではないか。

はっきり言って、やりまんだ。

千奈がそんな女だったとは思わなかった。

千年の恋も冷めてしまった、と言っていい。

もういい。千奈なんてどうでもいい。ご褒美だなんて話に釣られて、清らかな童貞を捧げたりしなくて本当によかった。

綾音のマンションに着いた。

とりあえず、千奈のことは忘れようと思った。綾音と顔を合わせるのも、それはそれで緊張を伴う作業だった。

一週間前、拓海は彼女を何度となく絶頂に導き、骨抜きにした。ドSに見えて、泣き虫な一面も見てしまった。クルマで送ってもらった帰り道、綾音はまるで塩をかけられたナメクジのようにおとなしかったが、一週間が経ったいま、まさかあのままということもあるまい。

呼び鈴を鳴らした。

「どうぞ」

いつもニコリともせずに出迎えてくれる綾香だが、その日は輪をかけて不機嫌そうだった。

とはいえ、装《よそお》いは暗い表情とは正反対で、華やかなコーラルピンクのワンピースを着ていた。拓海は紺色のタイトスーツ姿しか見たことがなかったから、フェミニンな雰囲気に気圧《けお》されてしまう。

廊下からリビングに入っていくと、妙な違和感を覚えた。テレビの隣にあったオーディオセットがなくなっていた。北欧風のチェストもそうだ。配置換えをしたというより、ただなくなっているから、バランスが崩れて見える。

なにかがおかしかった。

だが、いきなりそれについて訊ねると地雷を踏むような予感がしたので、

「ずいぶんおしゃれしてますね」

まずは装いを褒めることにした。

「どこかにお出かけですか？　もしかして知り合いの結婚式とか。でも、まずいんじゃないですか。綾音さんのほうが花嫁より目立ちそうだ」

「それを出しにいくのよ」

綾音が窓辺のテーブルを指差す。その上に置かれていた一枚の紙を見て、拓海は凍りついたように固まってしまった。

離婚届、と印刷されていた。記入欄に綾音と夫の個人情報が、手書きでびっしり書きこまれている。

「離婚、するんですか？」

我ながら、馬鹿なことを訊ねてしまった。離婚届を出しにいくのだから、離婚するに決まっている。なるほど、オーディオやチェストがなくなっているのは、それが夫

の持ち物だったからだ。つまり、もう出ていった後……。

「せいせいしたわよ……」

綾音は表情の抜け落ちた顔で言葉を継いだ。

「あの人、もともとは腕のいい広告マンだったんだけどね。トラブル起こして会社を辞めてからダメになっていく一方だったから……仕事もしないでパチンコばっかりして、勝てば高いお酒飲んで浮気して、負ければ気絶するまで安酒を飲みつづけて……ホント馬鹿みたい。わたしに稼ぎがあるからいけないんだって、ようやく気づいた。ひとりになって、少し頭冷やしてほしい……」

綾音は窓の外を眺めながら、さらりと言った。いや、さらりと言おうとしていたが、声が震えていた。肩も震えている。せっかく華やかな服を着ているのに、それにそぐわない、いまにも泣きだしそうな顔をしている。

「……抱いてくれない？」

綾音の顔が、不意にこちらを向いた。

「あんた、子供みたいな顔してるくせに、エッチは生意気なくらいうまかったもんね。なにが童貞よ。絶対嘘でしょ。嘘ついてわたしと寝たんだから、今日はわたしの都合に付き合ってもらう……むしゃくしゃするの……わたしから離婚しようって言ったのよ。引っ越しの手配とかもわたしが全部したの。あの人と一緒にいる意味はもうないって思ったから……それは絶対に間違ってないはずだから……だからね、この悲しい気分は偽物《にせもの》なの。ただの感傷。泣いたりしたくないの。泣くくらいなら、エッチでもしてなにもかも忘れてしまいたいの……」

綾音が身を寄せてくる。息のかかる距離まで顔が近づく。

「ね、いいでしょ？」

拓海はにわかに言葉を返せなかった。体中が筋肉痛で、昨日使い果たしてしまった精力が蘇《よみがえ》っているかどうかもわからない。

しかし、溜めこんだフラストレーションを快感で吹き飛ばしてしまいたい気持ちは、よくわかった。拓海もまた、そうだったからだ。千奈に腹をたてていた。はらわたが煮えくり返りそうだった。

「なに黙ってるのよ」

綾音がしゃがみこんで、ベルトに手をかける。ボタンをはずし、ファスナーをさげ、ズボンとブリーフをめくりおろしてくる。

ペニスはまだ、ちんまりと下を向いていた。しかし、すぐ側に綾音の顔があった。華やかな装いに合わせ、今日はメイクも濃いめだった。ただでさえ美しい顔を、艶やかに輝かせていた。

むくむくと隆起していく。三秒とかからず、天狗の鼻のような形状になり、斜め上に反っていく。

「ホント生意気……」

綾音は恥ずかしげに眼をそむけながら、手を伸ばしてきた。硬く張りつめた肉竿にそっと指をからめ、しごいてくる。

「ううっ……」

拓海は身をよじりながら、重大なことを思いだした。そういえば、綾音にフェラチオをされたことがなかった。もちろんしてもらいたかったが、そういう雰囲気にならなかったのだ。きっと嫌いなんだろうと思った。男のものを口に含んでしゃぶりまわすなんて、プライドの高い彼女には似合わない。

「……ぅんあっ！」

だが、綾音は赤い唇を割りひろげ、ペニスの先端に近づけてくる。鈴口には我慢汁が滲んでいる。それでもためらうことなく、亀頭を口唇に咥えこんだ。

「うっ、うわっ……」

拓海は思わず声をもらしてしまった。昨日の荒淫のせいだろうか、ペニスがやけに敏感になっていた。口内粘膜の生温かい感触が、ペニスの芯まで染みこんでくるようだった。

しかし、声をもらしたのは、それだけが理由ではない。見た目のせいだった。ペニスを咥えこんだ綾音の顔が、途轍《とてつ》もなくいやらしいことになっていたからである。太いものを口に咥えこめば、美しく整った顔も崩れてしまう。双頬がへこみ、鼻の下が伸びて、全体が歪んでいる。鼻息をはずませてしゃぶりはじめると、眼の下がねっとりと紅潮し、小鼻まで赤く染まってくる。

AVでさえ、こんな卑猥なフェラ顔は見たことがなかった。AV女優に、綾音ほどの美女はいないから、当然と言えば当然だが、それにしても、ここまでいやらしいとは……。

ただ、うまくはなかった。

実和子のねっとりからみつくようなフェラに比べると、大人と子供ほども差がある。

フェラをされて気持ちがよければ、男だってあえぎ声を出していいと、実和子に教わった。そのほうが女もやり甲斐があると。

しかし、拓海は声を出せなかった。決して気持ちがよくないわけではないのだが、綾音の場合、ただ咥えて唇をスライドさせているだけなのである。

もちろん、美人だからいままで許されてきたのだろう。テクニックなどなにもなくても、この衝撃的なヴィジュアルをもってすれば、男を悶絶させることなど簡単だ。拓海にしても、一週間精を溜めこんだ状態だったら、彼女の舐め顔だけで暴発してしまったかもしれない。

だが、惜しい。

せっかくなのだから、もっとうまく舐めしゃぶってくれれば……。

「咥え方が浅いですよ」

辛抱たまらなくなった拓海は、綾音の頭を両手でつかんで腰を反らせた。

「うんぐぐうーっ！」

綾音が眼を剝いて見上げてくる。怒っているというより、焦っている。その顔もまたそそる。

「もっと深くですよ……ほら、ほら」

腰を動かして、口唇にピストン運動を送りこんだ。ちょっと意地悪したつもりだった。しかし、あまりの気持ちよさにやめられなくなる。亀頭が、喉の奥の狭くなったところに入りこむ感覚がたまらない。

「ぅんぐうーっ！　ぅんぐううぅーっ！」

綾音が涙眼でやめてと訴えてくる。

拓海はむしろ、嗜虐《しぎゃく》心を揺さぶられた。美人を泣かせていることが心地よかった。おまけに、彼女には少々恨みがあった。しつこいようだが、ラップフィルムの件を根にもっていたので、ぐいぐい責めたててしまった。勃起しきったペニスで、顔ごと犯すように腰を振りたてた。たまらない心地よさに、ペニスが限界を超えて硬くなっていく。

ハッと我に返ったのは、綾音が大粒の涙をボロボロとこぼしはじめたからだった。

「……大丈夫ですか？」

ペニスを抜いて声をかけると、綾音はひとしきり咳きこんでからゆっくりと顔をあげた。

拓海は怒られるだろうと身構えていたのだが、綾音の口から吐きだされた言葉は、意外なものだった。

「いいわよ……」

「えっ……」

「もっとしてよ……めちゃくちゃにしてよ……」

乱れた髪を直しもせず、涙を流しながら挑むように睨んでくるその眼には、別れた男に対する情念が燃え盛っているようだった。

2

「おまかせくださいっ！」

拓海が気をつけをして声を張ると、綾音はビクッとして眼を丸くした。

「なっ、なに……」

「すいません。ちょっと声が大きかったですね……」

頭をかき、苦笑をもらす。

だが、ちょうどよかった。こちらにしても、めちゃくちゃなセックスで、我を忘れたいところだったのだ。使い果たしたはずの精力も、いまのフェラチオで回復した。獣の牡《おす》のエネルギーが、すっかり充電された。

拓海は中途半端にずりさげられたままのズボンとブリーフを脚から抜くと、

「立ってください」

綾音の腕を取った。窓辺にあるアンティークなテーブルセットに向かっていった。綾音の両手をテーブルにつかせ、尻を突きだすようにうながす。テーブルの上には離婚届が載っている。わざとそうしたわけではないが、綾香の眼と鼻の先である。

「……いやっ！」

ワンピースの裾に手をかけると、綾音は声をあげた。拓海はかわまず、裾を大胆にめくりあげてしまう。お尻が露わになる。ナチュラルカラーのパンティストッキングの下に、純白のショーツが透けている。バックレースも可憐なデザインで、丸みもセクシーな桃尻を飾っている。

ごくり、と拓海は生唾を呑みこんだ。

黒いストッキングもいやらしいが、ナチュラルカラーもまた男心を揺さぶるものだと思った。とくに、そのナイロンには光沢がある。加えて、純白のショーツとの相性もばっちりだ。ドSなキャリアウーマンが、清楚に見える。いや、いまはめちゃくちゃにしてほしいドMなのかもしれないが……。

拓海はストッキングの上から桃割れに指を這わせた。

「この前は、ここを舐めたら乱れちゃったんですよね」

アヌスのあたりをぐっと押すと、

「やっ、やめてっ……」

綾音は眉根を寄せて振り返ったが、

「めちゃくちゃにしてほしいんでしょ？」

ぐっ、ぐっ、と拓海はアヌスを指で押した。

「自分で言ったんじゃないですか、めちゃくちゃにしてってって……」

「ううっ……」

綾音は顔をそむけ、悔しげに唇を嚙みしめる。拓海はストッキングとショーツを一緒にめくりさげ、アヌスだけを露出させた。綾音がただの美人でないことを示す、桃色に輝くすぼまりが見える。

「おっ、お願いっ……お願いだから、そこはっ……そこはやめてっ……あおおおおおーっ！」

拓海は尻の双丘を両手でひろげながら、アヌスに舌を這わせはじめた。綾音が身をよじり、ジタバタと足踏みする。しかし、拓海はあわてなかった。ストッキングとショーツを太腿までさげ、女の花を露わにした。アヌスを舐めまわしながら、花びらを指でいじりはじめた。

「ああっ、いやっ……あおおおおーっ！　はぁおおおおおーっ！」

いやいやと身をよじりながらも、綾音は感じているようだった。すうっ、すうっ、と割れ目をなぞってやるほどに、指が蜜で濡れてきた。Vサインをつくってひろげてやれば、奥から大量の蜜がしたたってくる。尻の穴を舐められて、悶えながらもあえぎはじめる。

千奈も悶えるだろうか、と思った。

彼女のようなタイプでも、尻の穴を舐められればこんなふうに……。

ダメだ、ダメだ！

拓海は内心で首を振った。千奈を忘れるためのセックスをしているのに、思いだしてしまうなんて、我ながら未練がましい。だいいち、綾音に失礼だ。いまは彼女のことだけを考えていればいい。離婚の傷心を、めちゃくちゃなセックスで忘れてしまいたい彼女のことを……。

「……我慢できなくなっちゃいましたよ」

拓海は立ちあがり、硬くみなぎったペニスを握りしめた。シャツも脱いでいなかったが、そのまま切っ先を濡れた花園にあてがっていく。もっとじっくりバッククンニをしていたかったが、こみあげてくる衝動が許してくれなかった。

一瞬、立ちバックに対する不安が脳裏をよぎった。初めてチャレンジする体位だったし、難しいイメージがある。だが、ここは衝動のままに押しきってしまおうと、覚悟を決める。

「いきますよ……」

結合の位置や角度も実はよくわかっていなかった。二度ほど失敗したが、三度目で亀頭がずぶりと埋まりこんでくれた。そのまま腰を前に送りだす。ずぶずぶと入っていく。

「んんんっ……んんんんーっ！」

綾音がくぐもった声をもらす。身構えながらも、しっかり尻を突きだしてくる格好が、たまらなくいやらしい。

拓海は腰を使いはじめた。まだ根元まで埋めこんでいなかったが、慣れない体位である。慣らし運転のつもりでゆっくりと抜き差しを始めたが、すぐにピッチがあがっていった。

ヌメヌメした肉ひだの感触がたまらなかった。やはり、昨日の荒淫の影響で敏感になっているのだろうか。カリのくびれに肉ひだがねっとりとからみついてくる刺激が、気持ちよすぎる。

気がつけば、パンパンッ、パンパンッ、と乾いた打擲《ちょうちゃく》音をたてて、綾音の尻を突きあげていた。

「ああっ、いやっ……あああっ、いやあああっ……」

綾音が乱れはじめる。腰をくねらせ、髪を振り乱して、肉の悦びに溺れていく。

腰を振りたてながら、拓海はハッと気づいた。ひどく軽快に腰が動いている。難しそうなイメージのある立ちバックだが、やってみると動きの自由度が高かった。思ったようにストロークが送りこめた。浅く突くのも、深く突くのも自由自在で、ぐりぐりと腰をグラインドさせることまでできてしまう。

「ああっ、ダメッ……ダメようっ……」

綾音が両脚をガクガク震わせる。立っているのがつらそうだが、しゃがみこむことはできない。拓海の両手が、細い腰をがっちりつかんでいた。なにより、鋼鉄のように硬くなったペニスが、後ろから貫いているのである。

「ダッ、ダメッ……ダメダメダメえええーっ！」

切羽つまった悲鳴をあげても、拓海は容赦なく突きあげた。逆に、ピッチをあげた。パンパンッ、パンパンッ、と派手な音をたてて、女体が浮きあがるほどの連打を放った。

めちゃくちゃにされるのが、彼女の希望だった。ならば、手心を加える必要はない。むしろ、期待に応えなければ男がすたるというものだ。

「そっ、そんなにしたらイッちゃうっ……イッちゃっ……イクイクイクッ……はっ、はぁおおおおおーっ！」

獣じみた悲鳴をあげて、綾音が腰を跳ねあげる。まるで、巻きすぎたゼンマイがはじけ飛ぶような勢いだった。拓海は両手をそれを押さえこみながら、さらに突いた。

くる。

絶頂に達したことで、蜜壷は締まりを増していた。突くほどに、ペニスを食い締めて
「やっ、やめてっ！　ちょっと待っててっ！」

綾音が焦った顔で振り返る。

「うっ、動かないっ！　いまは動かないでっ！　ダ、ダメえええーっ！」

女が絶頂に達したとき、男は少し休んだほうがいいらしい。イッた直後は性器が敏感になりすぎているせいだというが、拓海はかまわずピストン運動を続けた。粘っこい音をたてて、蜜にまみれた肉洞を穿《うが》った。

「やっ、やめてっ！　お願いよっ……おかしくなるっ！　そんなにしたら、おかしくなっちゃううう一っ！」

おかしくなるほどめちゃくちゃにされるのが、彼女の望みのはずだった。いや、彼女のことより、拓海自身が動くのをやめられなくなっていた。肉と肉との密着感は一打ごとに強まっていくばかりだったし、オルガスムスに痙攣している女体を突きあげる快感に取り憑《つ》かれてしまっていた。

「ああっ、いやっ……イッ、イッちゃうっ……またイッちゃうっ……続けてイクウウ

ウウーッ！」

綾音が再び、ビクンッ、ビクンッ、と腰を跳ねあげる。彼女はもともと、イキやすい女だった。一度イッたくらいで休憩を挟まなくても大丈夫だろうという予感は、ものの見事に的中した。

半狂乱であえぐ綾音を後ろから突きあげる悦びは、とても言葉では言い表せないものだった。拓海は突きつづけた。いつまでも突いていたかった。じわじわと射精が迫ってくるのが、たまらなく残念だった。

3

「なんだよ、もう……いくら女心が複雑だっていったって、あれはないよ……なに突然怒りだしてんだよ……」

拓海はブツブツ言いながら、駅に向かって歩いていた。まだ陽は高いところにあった。いつものように午後一時に綾音の家を訪れ、セックスしかしていないのだから、陽が暮れているわけがなかった。

リビングでの激しい立ちバックが拓海の射精で終了すると、ふたりはその場に崩れ落ち、フローリングの床に横たわった。寝室はおろか、二メートル先にあるソファに行くことさえできなかった。

抱きあって呼吸を整えた。お互いひどく汗をかいていた。拓海はシャツを着たままだったし、綾音もワンピースを着たままだったからだ。顔から首にかけて汗が噴きだしてきていたが、手で拭《ぬぐ》うのも面倒だった。

動きたくなかった。

いっそ世界がとまってしまえばいいのにと思った。

床に転がって、猫のように身を寄せあっていた。

綾音の呼吸はなかなか整わなかった。拓海の胸に顔をこすりつけて、むせび泣いていた。

彼女には、絶頂に達すると泣きたくなる癖があるのかもしれなかった。

あるいは、離婚の件で傷ついているのか。

拓海は胸が苦しくなった。

裸でむせび泣く綾音は可愛かった。前回はそう思った。しかし今日は、綾音の髪を撫でるほどに、せつながさがとまらなくなっていく。

好きかもしれない、と思った。

綾音に対しても、また実和子に対しても、そういう感情を抱くことを自分にかたく禁じていた。

彼女たちは人妻だからだ。たとえベッドでどれだけ乱れても、他の男と永遠の愛を誓っている存在だった。

だが、綾音は離婚するという。テーブルの上に離婚届があり、これからそれを出しにいくところだと……。

つまり、すでにふたりの間には、愛しあうことに障害はなくなっていた。

「そんなに泣かないでくださいよ……」

拓海は綾音の長い黒髪を撫でながらささやいた。

「実は……僕も失恋したばかりなんです。幼なじみのいとこなんですけどね。七つ年上で、すらっと背が高くて、美人なんだけどとっても強気で、昔から憧れの人でした。その人も、最近離婚したんですよ。ちょっと嬉しいっていうか、ハハッ、僕にとってはチャンスじゃないですか。チャンスだと思ってたんですよ。なのに……その人、どうしたと思います？　離婚したばっかりのくせに、すぐにまた男をつくって……やりまんみたいでがっかりしました……そんな尻の軽い人じゃないと思ってたのに……」

綾音が不意に顔をあげた。赤く染まった頬は涙に濡れていたが、泣きやんでいた。

「馬鹿」

「はあ？」

「出てって」

「いや、その……」

綾音の突然の剣幕に、拓海はたじろいだ。

「出てって、って言ってるのっ！」

綾音は立ちあがり、拓海が脱ぎっぱなしにしていたズボンとブリーフを投げつけてきた。

「今日はもう、掃除しなくていいから。ってゆーか、二度と来なくていい。あんたの顔なんて、二度と見たくないっ！」

憤怒も露わに絶叫すると、リビングを飛びだして寝室に閉じこもってしまった。

わけがわからなかった。

ほんの一分前まで裸で抱きあっていたのに、どうしてそんなふうに怒り狂えるのか謎すぎて怖かった。

拓海はただ、泣いている綾音を慰めたかっただけなのだ。恥ずかしかったけど、初恋の人の話だってした。いままで誰にも話したことがない、自分の胸だけに秘めていた大切な秘密を。

なのに……。

拓海は溜息がとまらず、歩く気力もなくなって、途中で見つけた公園のベンチに腰をおろした。

疲れがどっとぶり返してきた。考えてみれば、昨日の夜は実和子と四回戦で、その前は草刈りなどの力仕事だった。最後の力を振り絞って、綾音と立ちバックでまぐわった。すべての力を使い果たしたいま、必要なのは休息だった。拓海はベンチの上で横になり、少し眠ることにした。

眼を覚ますと夜だった。

四、五時間もぐっすり眠っていた計算になる。体の節々が痛んだし、ここは知らない街の公園のベンチだった。我ながら無防備だと苦笑しながら起きあがり、水飲み場で顔を洗った。喉がひどく渇いていた。自動販売機でミネラルウォーターを買い、喉に流しこむようにして飲んだ。

ふらふらと歩きだし、電車に乗りこんだものの、まっすぐ家に帰る気になれなかった。

とはいえ、拓海には急に呼びだすことができる仲のいい友達はいなかったし、ひとりで酒場に入る習慣もなかった。

家に帰りたくないなら、ただふらふらと街を彷徨《さまよ》っているしかない。最寄りの駅で降りても、家とは反対の方向に歩きだした。コンビニを見つけるたびに立ち読みをして休憩しつつ、一時間近く歩きまわっていた。

途中から、汗がとまらなくなった。もう歩きたくないのに、歩くのをやめることができないのは、汗をかくほど歩いていると、なにも考えなくていいからだった。よけいなことを考えたくなかった。このまま疲れ果てるまで歩きつづけ、家に帰ったら気絶するように寝てしまおうと思った。

ところが……。

なるべく知らない道を選んで歩いてきたつもりなのに、見たことがある景色が目の前に現れた。

パステルブルーの瀟洒な建物――千奈の住むハイツである。

彼女の部屋は一階のいちばん奥にある。

部屋の灯りがついていた。

それも、他の部屋が蛍光灯っぽい白い灯りなのに、千奈の部屋の灯りだけがオレンジ色だった。カーテンが引かれていたが、白いレースのカーテンだった。ということは、やはり照明の色がムーディなダークオレンジなのだ。

胸騒ぎがした。

のぞきなどしてはいけないことはわかっていたが、ハイツの住人になりすました顔で、敷地内に入っていった。建物とブロック塀の狭い隙間を抜け、千奈の部屋の窓を探す。雨樋《あまどい》のパイプの陰に身を隠しながら、中をのぞきこむ。

衝撃のシーンなど見たくなかった。神様、見せないでくれ、と胸の中で祈っていた。しかし、見せつけられることになるのは、その時点でほとんど確信し、覚悟を決めていた。

レースのカーテンの隙間に眼を凝らした。

ベッドの上に、裸の男女がいた。

全裸だった。

ダークオレンジの照明に照らされながら、身を寄せあっていた。キスを交わしてはうっとりと見つめあい、またチュッ、チュッ、と小鳥がくちばしでついばむような軽いキスを交わす。

女はもちろん、千奈だった。

拓海は初恋の人のヌードを初めて見た。たわわな乳房をもつ、女らしい体をしていた。乳首が野いちごのように赤かった。股間の繊毛は黒々として、獣じみている。とにかく素肌の色が白いし、出るところが出て、引き締まるところが引き締まっているから、美しいとしか言いようがないスタイルをしている。

だが……。

唇を重ねている時間が長くなり、ねちっこく舌をからめあいだすと、その体は、ただ美しいだけのものではなくなっていった。

見たくはなかった。

しかし拓海は、その場から逃げすことも、眼を閉じることもできなかった。

4

動きがやたらとゆっくりだった。

けれども、ふたりの呼吸が昂ぶり、興奮が高まっていることは、窓の外にいる拓海にも伝わってきた。

まるで二匹の蛇がからまりあうようにして、ふたりはお互いの体をまさぐっている。

大人のセックスだ、と思った。

相手の男が、千奈よりずっと年上に見えたせいもある。おそらく四十は越えている。下手をすれば五十代かもしれない。

年の差が、エロスを生じさせている。動きがゆっくりでも、裸で身を寄せあっているだけで卑猥だ。日焼けした男の手指が、たわわな白い乳房を揉みしだく。千奈の体が、穢されていくような気がする。

だが、乳房を揉まれている本人は、弓を引くように背中を反らせていき、喉を突きだしてあえぐ。眉根を寄せたいやらしい顔で、半開きの唇を震わせる。赤い乳首が勃《た》ってくる。左右とも鋭く尖って、女体の興奮を伝えている。

千奈が体を起こし、男の腰にむしゃぶりついていく。

勃起しきった男根は日焼けした手指より黒ずんで、驚くほど長大だった。

千奈はそれを口唇に咥えこんだ。

拓海は一瞬、眼をそむけた。

見たくはなかったが、完全にそむけることはできなかった。

千奈でも男のものをしゃぶるのか、と思った。たとえ愛している男でも、フェラチオを求めらたら拒否しそうなのが、千奈という女だと思っていた。

だが、しゃぶっていた。

それも、ひどく挑発的な表情で、上目遣《うわめづか》いに男を見ながら、唇をスライドさせている。窓が閉まっているので音は聞こえないが、鼻息をはずませているようだ。じゅるっ、じゅるるっ、という卑猥な肉ずれ音まで聞こえてきそうで、拓海は勃起してしまった。

まさか……。

千奈姉《ね》ぇが、こんなにいやらしいフェラを……。

ショックで眩暈《めまい》に襲われながらも、視線をはずすことができない。千奈は長い髪をかきあげながら、黒光りを放つ男根をしゃぶりあげ、舌を踊らせて舐めまわす。口のまわりが唾液で濡れ光っていくのもおかまいなしに、口腔奉仕に熱をこめていく。

男が千奈になにか言った。

千奈はうなずき、体を反転させながら男の上にまたがっていった。

女性上位のシックスナインだ。

男の上で四つん這いになった千奈は、窓の外からのぞく拓海に、スタイルのよさを見せつけてきた。腰のくびれ、豊満なヒップ、さらには肉づきのいい太腿。どんな男でも夢中にさせるに違いない。たわわな乳房は、下を向いたことでその量感をますます誇示し、揺れる様子もいやらしすぎる。

男が千奈の尻に顔を押しつけていくと、千奈が驚いた顔で振り返った。

拓海には、男がなにをしたのかわかった。

忠誠を誓うキスだ。

クンニリングスをするには、顔を押しつけた位置が高かったし、なにより千奈の表情が、舐めてはいけない場所を舐めていることを如実に物語っていた。

困惑する千奈をよそに、男は忠誠のキスを続けた。

日焼けした両手で尻の双丘をつかみ、ぐいぐいと割りひろげながら、舌を使って舐めまわした。

千奈は困惑に首を振りつつも、眼の下をねっとりと紅潮させていった。感じているのは間違いなかった。やがて、激しくあえぎはじめた。窓が閉まっていても、その声がかすかに聞こえてくるほどに……。

もうやめてくれっ！

拓海は胸底で絶叫した。

もちろん、獣と化しているふたりにその声は届かない。

淫らな格好で重なりあった男女の裸身に、汗が浮かんできた。

千奈は黒光りする男根を、頭を振ってしゃぶっている。そうしつつ、腰をくねらせ、尻を振りたてる。

喜悦が伝わってくる。

桃割れの間はもう、したたるほどに濡れているはずだ。

男が千奈の体の下から抜けだした。

千奈を四つん這いにしたまま、後ろから挑みかかっていった。

バックスタイルで貫かれた千奈は、獣が咆哮するように上を向いた。くびれた腰が急角度で反っていた。男は日焼けした両手でがっちりとそこをつかみ、ピストン運動を開始した。

豊満なバストが、艶やかに揺れはずむ。男の腰がぶつけられている丸いヒップも、形を歪めてピストン運動を受けとめる。

千奈は髪を振り乱してあえいでいる。口を手で押さえたのは、淫らな声を出すことをはばかったからだろう。それでも声は出てしまう。窓の外まで、もれ聞こえてくる。

拓海は耳をすました。

か細く、高い声だった。

顔に似合わず、可愛い声であえいでいた。

悔しさが、こみあげてくる。千奈にこんな声を出させるなんて、相手の男が羨《うらや》ましすぎる。

男は腰を動かしながら、両手を胸のほうにすべらせていった。たわわに実った白い乳房を揉みしだき、そのまま千奈の上体を起こしていく。

体位を変えた。

バックスタイルから背面座位へと移行し、男は千奈の両脚を大きくひろげていく。

拓海の心臓は爆発しそうになった。

千奈の体が窓の方に向いているので、結合部が丸見えになったのだ。さらに、背後にいる男は左手で赤い乳首をつまみあげながら、右手を下半身に伸ばしていった。自分の男根をずっぽりと咥えこませている女の割れ目——その上端にある敏感な肉芽を、中指を使ってねちっこく撫で転がしはじめる。

千奈が悲鳴をあげた。

眉根を寄せたその顔はみるみる真っ赤に紅潮していき、耳や首筋、胸元まで生々しいピンク色に染まっていく。

苦悶の表情を浮かべていても、気持ちよさそうだった。

気持ちいいに決まっている。挿入状態で、乳首とクリトリスを同時にいじられているのである。

千奈の腰が動きはじめる。もう我慢できないという切迫感も露わに、股間をしゃくるように上下させる。両脚をひろげた状態でだ。

息がはずんでくる。ピンク色に染まった胸元に汗が光る。腰の動きに合わせて、タプン、タプンと乳房が揺れる。

拓海も我慢できなくなっていた。

先ほどからずっと、股間のテントを押さえている。ズボンの下で勃起しきったペニスは、ズキズキと熱い脈動を刻んで、先走り液を大量に漏らしている。

ただ押さえているだけではなく、揉んだり握ったりしているので、ほとんどオナニーをしているようなものだった。いっそのこと、生身を取りだしてしごきたてたい衝動に駆られる。先ほどからずっと迷っている。

しかし、そこまでしたら、人間失格のような気がして、どうしてもできない。

子供のころから憧れていた女がいま、全裸で腰を動かしている。

女の恥部という恥部をさらけだし、あまつさえ長大な男根を股間に咥えこんで、気持ちよさそうにあえいでいる。

そのリズムに合わせてペニスをしごけば、衝撃的な快感が味わえそうだったが、事後の気分は確実に暗いものになるだろう。自己嫌悪にまみれて当分の間立ち直れず、千奈の顔をまともに見られなくなりそうだ。

「はっ、はぁあうううううーっ!」

閉めきった窓の向こうから、淫らに歪んだ悲鳴が聞こえた。

ついに絶頂に達したらしい。

日焼けした手につかまれた腰をガクガクと震わせながら、体中の肉を痙攣させていた。表情がいやらしすぎた。眉根を寄せ、小鼻を赤くし、Oの字にひろげた唇から、いまにも涎《よだれ》まで垂らしそうだった。苦悶に歪んでいるようで、どこか満足げなその表情を、拓海は一生忘れないだろうと思った。

5

ようやく男が部屋から出てきた。

千奈と一緒だった。

「ここでいいよ」

男が言い、

「駅まで送る」

千奈は名残惜しそうに腕と腕をからめていく。

「大丈夫。駅まで送ってもらったら、キミの帰り道が心配だ」

男は千奈の腕をほどくと、手を振って歩きだした。すでに深夜だった。男の判断は正しい。千奈が言っていたとおり、大人の紳士なのだろう。

千奈は路上に立ちすくみ、男の背中が見えなくなるまで見送っていた。いや、見えなくなってからも、しばらくそのまま動かなかった。一分、二分……ようやく振り返った千奈の顔には満足そうな笑みが浮かんでいたが、拓海の顔を見て息を呑んだ。

「いまのが運命の相手？」

拓海は言った。千奈の表情がみるみる険しくなっていく。

「あんた、なにやってんの？」

「べつに……たまたま通りかかっただけさ」

拓海は歌うように言った。先ほど見た衝撃のシーンは、脳味噌の奥の方に瞬間冷凍して収めておくことにした。

「いまのが結婚しようって男なんでしょ？」

「……まあね」

「ずいぶん年上みたいだけど……」

千奈は黙っている。

「それはまあ、いいかもしれないけど……年の差婚は近ごろの流行《はやり》だし……」

「なにが言いたいの？」

「見ちゃったんだよ」

「だからなにを？」

「いまの人が手を振ったとき……指輪してたじゃない？　左手の薬指に……」

本当はいまではなく、部屋をのぞいたときに気づいた。背面座位で乳房を揉む左手に、光るものがあることを。

「不倫、だね？」

千奈は言葉を返せない。

「見損なったよ。まさか、千奈姉ぇが不倫なんて……離婚して淋しいのは、わかるよ……わかるけど、あまりに安易じゃない？　しかも、火遊びならともかく結婚って……略奪婚だよ。向こうにだって家庭があるんだよ……そういうこと、わかってやってるの？」

自分の舌鋒《ぜっぽう》の鋭さに、拓海は戦慄を覚えていた。言葉の途中から、体の震えがとまらなくなった。千奈に説教をされたことなら数えきれないほどあるけれど、説教をしたことは一度もない。説教をする日が訪れると思ったことさえない。

だが、これは言わなければならないことだった。誰かが言わなければ、千奈は絶望に向かって突っ走っていく。

「……わかってる」

千奈の口調はしっかりしていた。

「でも、淋しいからじゃない……離婚して淋しいから、慰めてもらおうと思って付き合ったわけじゃない……」

「じゃあどうして？」

「……好きなのよ」

口調はしっかりしていても、千奈の眼から大粒の涙がこぼれた。拓海は驚いた。千奈が泣いているところなど、いままで一度だって見たことがなかった。

「好きなの……ただそれだけなの……こんな気持ち、初めて……」

「だからって、略奪婚でまわりに迷惑かけちゃ……」

「しかたないのよ……」

千奈が遮る。

「しかたないじゃない？　悪いことしてるって自覚はあるわよ。きっとバチがあたるでしょうね。それもしかたがないと思う……でもね、好きになるのはやめられないの」

拓海は言葉を返せなくなった。

千奈が号泣しはじめたからだ。

感情の震えが伝わってきて、拓海も気がつけば泣いていた。生まれて初めて、もらい泣きというものを経験した。

「千奈姉ぇ……千奈姉ぇには不幸になってもらいたくないよ……」

しゃくりあげながら言った。

「ごめんね……でも、不幸になんてならない……いまわたし、幸せだもん。運命の人に出会えて……向こうにも愛してもらって……とっても幸せ」

「千奈姉ぇなら、もっといい人見つかるって」

「いいの。あの人がいいの」

「しっかりしてよ……しっかりしてくれよ……」

言いつつも、拓海はすでに、千奈を説得することを諦めていた。むしろ、応援したくなってきた。

決して他人に弱みを見せない千奈が、泣くほど好きだと言うなら、たしかにしかたがない。バチがあたっても愛し抜く覚悟があるというなら、自分にはもう、とやかく言うことはできない。

「ご褒美、もらっていい？」

拓海の言葉に、千奈はしゃくりあげながら眉をひそめた。

「ご褒美って、なに？」

「ほら、約束したじゃないか。家政夫の仕事をきちんとできるようになったら、なんでも好きなものくれるって」

「……言ったけど」

「物はほしくないんだ。ひとつ、お願いをきいてほしい」

「……なに？」

拓海は大きく息を吸って、吐いた。涙眼でこちらを見つめている千奈も、息を呑んで拓海の言葉を待っている。

「もう泣かないで」

いったんとまりかけていた千奈の涙が、再びあふれだした。少女のように声をあげて泣きじゃくりながら、拓海の胸に飛びこんできた。

拓海も泣いた。子供のころから憧れていた七つ年上のいとこを抱きしめながら、いつまでも涙がとまらなかった。

第六章　初めての男

1

一週間後――。

千奈は再び機上の人となった。

拓海は今回も見送りを断られた。今回は長い旅になるようだったが、ひとりではないから、照れくさいのだろう。

「その代わり、現地で結婚式を挙げることになったら、あんたも呼んであげるから。アゴアシつきで」

そう言った千奈の顔は、晴れやかでもあり、大人びてもいた。

家政夫の仕事は順調だった。千奈が日本滞在中、かつての顧客に拓海を売りこんでくれたので、スケジュールは目いっぱい埋まっていた。

ただ、土曜日の午後だけは予定を入れるわけにはいかなかった。

「……なによ？」

一階のエントランスでインターフォンを押すと、綾音はひどく不機嫌な声で言った。

「もう来なくていいって言わなかった？」

「いやいや、今日はその……謝りに……」

拓海はカメラに向かって頭をさげた。拓海から綾音の姿は見えないが、綾音からは見えている。

「なにを謝るのよ？」

「いや、それは……とりあえず、ドア開けてもらっていいですかね？　顔見て謝りたいので」

言葉は返ってこなかったが、しばらくするとエントランスのドアは開いた。

エレベーターで階上にあがり、綾音の部屋の呼び鈴を押す。ほんの少しだけ、ドアが開く。

「……あがるの？」

ドアの隙間から顔をのぞかせた綾音は、眉をひそめて言った。顔だけ出しているつもりでも、パジャマを着ているのが見えた。白地に青いストライプが入ったメンズライクなデザインだったが、綾音が着ていると妙にセクシーだった。

「あがらせてください。お詫びの品、持ってきましたから」

拓海はリボンのついたワインボトルを見せた。

「綾音さんに飲ませてもらったような、高級品じゃないですけど……」

間があった。

綾音は眼を泳がせて考えている。

「……どうぞ」

不機嫌な顔が引っこむ。拓海はドアを開け、靴を脱ごうとして固まった。玄関に隙間なく靴が置かれていた。それも、きちんと並んでいるわけではなく、ひどく乱雑な状態で……。

片付けようとしたが、とりあえずやめておいた。廊下もまた、資源ゴミらしき段ボールなどで足の踏み場もなかったからだ。嫌な予感に顔をしかめながらリビングに入ると、案の定、めちゃくちゃに散らかっていた。

「引っ越しでもするんですか？」

綾音は答えない。もちろん、引っ越しなどしないだろう。ただ単に、彼女は片付けられない女なのだ。

ヒモの夫も、少しは役に立っていたらしい。掃除機まではかけられなくても、部屋を散らかしはしなかったのだ。あるいは、人と一緒に住んでいれば、綾音もここまでひどくはできなかったのかもしれない。ひとり暮らしの女が、男よりもひどい汚部屋の住人であることは珍しいことではない。

「それにしても、たった一週間で、ここまで散らかすなんて……豪快というか、なんというか……」

拓海は苦笑しながら片付けを始めた。主に服が脱ぎ散らかしてあり、他にはクリーニング店のビニール袋や紙のタグが目立つ。さらには、ブランド名の入った紙袋、コンビニ袋に入ったまま冷蔵庫に入れていない清涼飲料水まである。

「謝るってなに？」

綾音が声をかけてくる。

「先に片付けますよ」

「謝るならいま謝って」

拓海は片付けの手をとめ、綾音に向かって深々と頭をさげた。

「よけいなこと言ってすみませんでした」

「よけいなことってなに？」

「いや、その……いろいろです」

拓海は最初、千奈の話をしたせいで、綾音が怒りだしたのだと思っていた。つまり、嫉妬が原因だと考えたわけだが、そうではないと思い直した。

離婚したばかりの千奈が、すぐに新しい男を見つけ結婚しようとしていることを糾弾したことが、よくなかったのである。

綾音も最近、離婚したばかりだった。いや、まさに先週、離婚届を出しにいこうとしていた。なのに彼女は、拓海とセックスをしていた。そんな状況で、千奈のことを尻の軽い女呼ばわりすれば、自分が言われたような気がしても当然だった。

「なんていうか……うまく言葉にはできませんが、二度と怒らせるようなことは言いませんから。だからその……仲直りしてもらえませんか？」

「どうして？」

綾音が鼻で笑うように言う。

「うちに来なくたって、仕事なら他にもあるでしょ」

「いや、その……」

「それとも、体目当て？　勘違いしないでよね。何度か寝たくらいで、彼氏面《づら》されたらたまらないわ。若い男の子って、そういうとこ面倒くさいわよね……」

足元の服を一着つかむと、振りかぶって投げつけてきた。拓海は逃げなかった。肩に掛かったワンピースからは、彼女の匂いがした。

「そりゃあね、たしかにわたしはイカされちゃいましたよ。涙が出るほど気持ちがよかったですよ。こんな若い子にイカされたと思うと、情けないやらカッコ悪いやらで、泣けて泣けて……でも、あんたなんて、ラップ巻かれて射精したんだからね。もっとカッコ悪いじゃない。馬鹿みたいだったじゃない……」

言いながら、次々と服を投げつけてくる。投げるものがなくなると、近づいてきて右手を振りかぶった。平手を飛ばしてこようとしたが、それまで受けとめる気にはなれなかった。

拓海は綾音を抱きしめた。背中が熱かった。相変わらず細い体だったが、パジャマの下はノーブラらしく、柔らかな肉の隆起を感じた。

「なにすんのよ。離しなさいよ」

ジタバタと暴れだした綾音の耳元で、拓海は言った。

「好きですから……」

綾音の抵抗がとまる。

「そういう不器用なところも、大好きですから。ビンタしてもいいんで、その前に聞かせてください。綾音さんも、僕のこと好きなんでしょ？」

時間がとまった気がした。

綾音の沈黙はそれほど長かった。

また怒らせてしまったのかもしれなかった。

だが、後悔はしていない。言わなかったほうが後悔する。たぶん一生……。

「ね、そうなんでしょ？　綾音さんも僕のこと好きなんでしょ？」

「なんか文句あるの？」

睨まれた。

「離婚したばっかりで人を好きになるのが……ううん、離婚する前から夫以外の好きになるのが、そんなに悪いことなの？」

声が震えていた。体も震えている。

「でも……でも、べつに、あなたのせいで離婚したわけじゃないわよ。夫とは、もう終わってたの。たぶん、一年くらい前から……でも、ずるずる別れられなくて……男なんかもう懲りごりって思ってたけど、予想もしなかったところから……気になる男が現れて……」

「もういいです……」

拓海は綾音の背中をさすった。さっきよりも熱くなっていた。

「それ以上、言わなくていいですから……」

「どうしてよ。言わせてよ……」

綾音の眼から、涙がこぼれる。

「十歳も年上の女なんて……それも、ついこないだまで人妻だった女なんて……好きになってもらえないだろうって思ってた。エッチはできても恋愛はできないだろうって……だからセフレでもよかった。体だけの関係でもよかったんだけど……そう思うと、涙がとまらなくなる……」

「綾音さんっ！」

それ以上、しゃべらせるわけにはいかなかった。拓海は綾音の細い体を息がとまるほど抱きしめた。拓海の息もとまりそうだった。綾音が思いきりしがみついてきたからだ。

唇を重ねた。

燃えあがる炎の中にいるのを感じた。

2

リビングには座る場所がなかった。

ソファも椅子も服や荷物に占領されていたので、ゆっくりと身を寄せあうには、ベッドに行かなければならなかった。

寝室の掃除はしたことがあるけれど、この部屋でベッドに横たわったことはない。セックスをしたのは、リビングだ。その前はラブホへ行った。

綾音はひどく居心地が悪そうだった。

拓海も落ち着かなかったが、次第におかしな気分になってきた。

ここは夫婦の寝室、つまり、綾音が元夫に抱かれていた場所だ。いろいろあって離婚したとはいえ、仲がいい時期だってあっただろう。朝が来るまで素肌を重ねあっていたこともあれば、寸暇を惜しんで求めあったことも……。

ジェラシーが興奮を誘う。

千奈の部屋をのぞいたときの光景が、脳裏に浮かんでくる。中年男に抱かれていた千奈の残像が、綾音と重なっていく。強気な女も、男に抱かれているときは可愛い。綾音も元夫の腕の中で、可愛い女でいたのだろうか。羞じらいながら高まっていき、全身を震わせて絶頂に……。

「外に行かない？」

綾音が気まずげに声をかけてくる。

「こないだみたいなラブホじゃなくて、きちんとしたホテル。わたし、会員になっているところがあるから、安く泊まれるし……」

拓海は首を横に振り、綾音の肩を抱いた。元夫から奪うつもりで抱けばいいと思った。そうであるなら、ここより似つかわしい場所はない。

「……ぅんっ！」

唇を重ねても、綾音はまだ戸惑っていた。拓海はかまわず、舌を差しだし、綾音の口の中に侵入していく。ねっとりとからめあっては、強く吸う。我ながら、ずいぶんキスがうまくなったと思う。最初に綾音にキスをしようとしたときは、歯と歯をぶつけてしまって怒られた。

「ぅんんっ……ぅんんっ……」

深いキスを続けていると、綾音も次第に息をはずませはじめた。パジャマの上から乳房を揉めば、悩ましげに身をよじる。パジャマ越しにも、体温が急上昇していくのがわかる。胸のボタンをはずし、手指を中に忍びこませていく。生温かい空気がこもり、豊かなふくらみが汗ばんでいる。

「んんんっ……」

生身の乳房を揉みしだくと、綾音は自分からキスを深めてきた。ふくらみにやわやわと指を食いこませるほどに、綾音の双頬はピンク色に染まっていく。乳首をつまめば、小鼻が赤くなっていく。

拓海はパジャマを脱がした。丸々と実った双乳を露わにすると、ミルク色に輝く素肌から甘い匂いが漂ってきた。ズボンも脚から抜いていく。

「えっ……」

拓海は一瞬、動けなくなった。綾香の股間に、やたらとセクシーな黒いショーツがぴっちりと食いこんでいたからだ。Tフロントと呼びたくなるような小ささなうえ、生地がスケスケで、優美な小判形の草むらが見えていた。いつかランドリーラックで盗み見したものだと、すぐに気づいた。

「やっ、やだっ……」

綾音が焦った顔で股間を隠してくる。

「なっ、なんでわたしっ……こんな変なの穿いてるのっ……」

自分でも、セクシーショーツを着けていることを、忘れていたらしい。

「素敵ですよ……」

拓海は真剣な面持ちでささやいた。

「綾香さんくらい美人だと、どんなにエッチな下着でも似合うんですね」

「エッチな下着って言わないでっ！」

綾音は恥ずかしげに顔をそむけた。

「お洗濯もサボッてたから、他に穿くのがなかったのよ……ってゆーか、どうしてこんなもの買ったんだろう？」

夫婦生活を盛りあげるためではないだろうか、と思ったが言わなかった。なんとなく、綾音にはそんな健気なところがある気がした。拓海は嫉妬に駆られながら、彼女の両脚をM字に割りひろげていく。

「いっ、いやっ……」

綾音は両手で股間を隠そうとしたが、無駄な抵抗だった。拓海はその両手首をつかまえ、顔をショーツに近づけていく。こんもりと盛りあがった恥丘に、スケスケの黒いナイロンが張りついている。

実和子が着ていたボディストッキングと、ちょうど真逆だった。実和子のときは、股間を破って性器を露出させたが、綾音は全裸で、性器だけを隠している。

「見ないでっ……見ないでよっ……」

恥毛を透けさせていることを羞じらいながら、綾音は性器だけがかろうじて隠されている状況に震えている。すべてを露わにされる瞬間を、期待と不安が入り混じった気分で待っている。

拓海は両手で、綾音の両手首をつかんでいた。手を使って愛撫することができないので、鼻を使うことにした。鼻の頭で、割れ目のあたりをなぞった。

「くっ……」

綾音が声をこらえて顔をそむける。ひどく恥ずかしそうな顔をしているが、欲情は隠しきれない。すうっ、すうっ、と鼻の頭で割れ目をなぞるほどに、全身がこわばっていく。腰がくねりだし、肉づきのいい太腿が波打つように震えだす。

「くぅうーっ！」

鼻の頭がクリトリスにあたると、背中が弓なりに反り返った。極薄の黒いナイロンの奥から、熱気を孕《はら》んだ発情の匂いが漂ってくる。拓海はそれを鼻腔で味わいつつ、舌を伸ばしていった。割れ目をなぞる役は舌に任せて、鼻の頭で集中的にクリトリスを刺激していく。

「ああっ、いやっ……」

ジタバタと暴れる手脚をいなしながら、しつこく愛撫を続ければ、綾音の呼吸はハアハアとはずみだし、体中が熱く火照りはじめた。

拓海は綾音の両手を離した。もう彼女は股間を隠そうとしないだろう。ショーツのフロント部分をつまみあげ、股間にぎゅーっと食いこませると、

「いやあああっ……」

綾音は尻を浮かせて全身をのけぞらせた。そのリアクションもいやらしかったが、股間はさらに衝撃的な光景になっていった。黒いナイロンショーツはフロントの生地が極端に小さいから、引っ張りあげると紐状になり、女の割れ目に埋まっていた。必然的に、アーモンドピンクの花びらがはみ出した。早くも蜜を浴びて、テラテラと淫らに濡れ光っていた。

それをしゃぶりあげたい衝撃をこらえつつ、拓海はさらに下にある部分に注目した。まずは忠誠を誓うキスをしなくてはならない。紐と化したショーツを片側に寄せ、桃色に輝く彼女のアヌスを露出させる。何度見ても、排泄器官とは思えぬ美しいたたずまいである。

拓海の鼻息をそこに感じたのだろう。

「やっ、やめてっ……」

綾音が恐怖にこわばった顔を向けてくる。

「そっ、そこはやめてっ……お尻の穴はっ……あああああーっ！」

淫らな悲鳴があがったのは、拓海がショーツを引っ張りあげたからだ。紐状となった薄布が割れ目をこすり、クリトリスを刺激する。クイッ、クイッ、とリズムをつけてやると、綾音はもう、言葉を継ぐことができなかった。桃色吐息を振りまきながら、豊かすぎる胸のふくらみをタプタプと揺れはずませるばかりになっていく。

拓海はショーツを巧みに操りながら、アヌスに舌を伸ばしていった。この体勢では、口づけをするのは難しい。舌先でコチョコチョとくすぐってやる。すぼまった奥の方に、舌先を軽く差しこんでいく。

「あああああああーっ！」

綾音の悲鳴には、諦観《ていかん》が色濃く滲んでいた。抵抗することを諦めたのだ。諦めさせたのは、快感だった。肉の悦びに敗北し、尻の穴を舐めまわされる羞恥を呑みこんだ綾音の姿は、たとえようもなくいやらしかった。

拓海は舌を踊らせた。

ショーツを完全に片側に寄せ、女の花を露わにした。紐状になった生地がしたたかに食いこんでいたその部分は、ぱっくりと口を開いて薄桃色の粘膜を見せていた。アヌスよりなお美しいその色艶に感動しながら、ねちっこく舌腹で舐めあげた。左右の花びらを代わるがわる口に含んでしゃぶりまわすと、蝶々のような形になっていった。

「ああっ、いやああああっ……いやあああああっ……」

綾音は激しく身をよじり、ガクガクと腰を震わせる。発情の汗にコーティングされた白い裸身が、ベッドの上で乱れはじめる。

3

「ねっ、ねえっ……」

綾音が焦った声をあげて上体を起こした。

「わたしにもっ……させてよっ……」

自分ばかり感じさせられてはたまらないとばかりに、恨みがましい眼で見つめてくる。

「じゃあ……一緒にしますか？」

「……いいけど」

拓海は急いで服を脱ぎ、ブリーフまでそそくさと脚から抜いて、再び綾音の股間に顔を近づけていった。反対に綾音は、勃起しきったペニスに手を伸ばしてくる。横向きのシックスナインである。

「すごい……カチンカチン」

ペニスに指をからませながら、綾音が長い溜息をつくようにささやく。

「自分だって、すごいですよ……」

拓海は息を呑んで、薄桃色の粘膜をむさぼり眺めた。渦になっている肉ひだの層の隙間から、白濁した蜜が滲みだしていた。指ですくいあげると、コンデンスミルクのように糸を引く。

「これ、本気汁ってやつですよね？」

「くっ……言わないでっ……」

綾香は羞じらいの色に頬を染めつつ、薄い唇を割りひろげて亀頭にかぶりついてくる。

「むううっ」

生温かい口内粘膜を敏感な部分で感じ、拓海はうめいた。負けていられなかった。

包皮からほんの少しだけ顔を出し、真珠色に輝いている肉芽に舌を伸ばしていく。ねちねちと舐め転がす。

「ぅんぐっ！ ぅんぐっ！」

ペニスを咥えながら、綾音が鼻奥で悶える。横向きのシックスナインであれば、その顔を拝むことができる。こちらも愛撫しながら、眼福《がんぷく》を味わうことができる。

元人妻のくせに、綾音はそれほどフェラチオがうまくなかった。しかし、なにしろ美人なのでヴィジュアルがすさまじくそそる。自分のペニスが彼女の口唇に咥えこまれているのが、夢のような気分になってくる。

「むううっ……むううっ……」

拓海は鼻息をはずませて、クリトリスを舌先でつついた。そうしつつ、絶え間なく蜜をもらしている割れ目もいじれば、綾香の顔は真っ赤に染まっていった。それでも、口唇に咥えたペニスを吐きださないのが健気だった。

いやむしろ、唇の動きが情熱的になっていく。身をよじって感じるほどに、吸引力が強くなっていくようだ。舌の動きも生気を帯び、口の中でやたらといやらしく動きまわる。

「むむっ……むむむっ……」

今度は拓海が顔を真っ赤にする番だった。顔の中心、両眼の間あたりが燃えるように熱くなっていた。負けずにクリトリスを舐めようとしても、フェラチオに気をとられてしまう。それほどうまくなかったはずなのに、亀頭をしゃぶりながら根元を指でしごく二段攻撃を繰りだしてくる。さらには玉袋をあやされる。あまりの快感に、睾丸が体にめりこみそうなほど迫りあがってくる。

騙されていたのだろうか？

フェラチオがうまくないと思ったのは、本気を出していなかったからなのか。本当は口腔奉仕の名手だったのか。曲がりなりにも元人妻、この夫婦の寝室で夫の男根を夜な夜なしゃぶりまわしていたのか。

「ちょっ……ちょっと待ってください」

たまらず声をあげた。

「そんなにされたら、暴発しちゃうかも……」

綾音はM字に開いていた両脚を閉じ、拓海の両脚の間で四つん這いになった。シックスナインの体勢を解消されてしまったわけだが、拓海には抵抗できなかった。綾音が見たこともないほど、淫らな眼つきをしていたからである。

「なんだか、わたし……おしゃぶりのコツをつかんだみたい」

長い黒髪をかきあげ、濡れた瞳でささやいてくる。半開きの唇のまわりが唾液に濡れ光っているのに、拭いもせずに拓海の顔とペニスを交互に見つめる。

「ここが気持ちいいんでしょ？」

尖らせた舌先で、裏筋をコチョコチョとくすぐられ、

「おおおっ……」

拓海は声をあげてのけぞった。

「それから、ここ」

唇で、カリのくびれをぴっちりと包んでくる。小刻みに頭を振って、カリ首だけを唇の裏側でこすってくる。唇が薄いせいか、刺激が痛烈だった。続いて、ねっとりとしゃぶりあげられると、ペニスが限界を超えて硬くなっていくのを感じた。

「ダッ、ダメですよ、綾音さんっ……そんなにしたらっ……そんなにしたら、本当に暴発しちゃうっ……」

恥ずかしいほど取り乱している拓海を尻目に、綾香の波状攻撃はとまらない。

「暴発なんて……絶対させない」

言いながら、拓海の両脚をひろげてきた。女のようなM字開脚に押さえこまれてしまった。恥ずかしがる暇もなく、舐めてはいけない場所に、舌が襲いかかってくる。生温かくヌメヌメしたものが、アヌスに触れる。

「おおおおおーっ！」

拓海はくすぐったさに身をよじった。

「そっ、そこはダメッ！　そこはダメですううううーっ！」

「わたしもダメって言ったよね？」

綾音の潤んだ瞳が妖しく輝く。

「ダメって言ったのに、しつこく舐めてきたよね？」

「おおおっ……おおおおおーっ！」

拓海は悶絶した。くすぐったさは尋常ではなかったが、同時にペニスをしごかれると頭の中が真っ白になった。突然変異で腕をあげた綾音のフェラチオによって、ペニスは先端から根元まで唾液にまみれていた。それを女の細指でシコシコされる快感はすさまじく、くすぐったさを忘れてしまう。

だが、綾音はアナル舐めをやめたわけではない。むしろ、次第に舐め方が大胆になっていく。舌先が中に入ってくると、戦慄がぞくぞくと体の芯を走り抜けていった。決して気持ちがいいわけではない。美しい綾音に尻の穴を舐めさせていることに、罪悪感さえこみあげている。

しかし、ペニスをしごかれているから抵抗できない。そこは本当に気持ちいい。はっきり言って出そうだった。暴発してしまいそうだ。もうダメだと眼を閉じると、瞼の裏に喜悦の涙があふれた。

「ダーメ」

綾音はパッとペニスから手を離した。

「暴発なんか絶対させないって言ったでしょ」

「むむっ！」

睾丸を握りしめられて、拓海は息ができなくなった。暴発したらここを握りつぶすと言わんばかりに、ニギニギしてくる。燃えるように熱かったはずの顔が、みるみる冷たくなっていく。

それでも、ペニスが萎《な》えたりはしなかった。逆に驚くほど硬くなり、釣りあげられたばかりの魚のように、臍《へそ》の上でビクビクと跳ねている。

「でも……」

不意に綾音が、恥ずかしげに顔をそむけた。

「拓海くんがお尻の穴を舐めたがる気持ち、ちょっとわかった……悪いことしてるみたいでドキドキするね……初めてしたけど興奮しちゃった……」

拓海は胸が熱くなっていくのを、どうすることもできなかった。元人妻でも、初めての経験があるのだ。フェラチオさえしそうにない綾香が、男の尻の穴を舐めたことなんてあるわけないのだが、あらためて言葉にされると感動しないわけにはいかなかった。

4

「わたしが上になってもいい？」

挑むような眼つきで綾音が言い、拓海はうなずいた。尻の穴を舐られるサプライズにより、すっかりイニシアチブを奪われてしまったようだったが、べつにかまわなかった。

拓海はもともと強気な女が好きなのである。これをきっかけに綾音がベッドで積極的になってくれるのなら、それはそれで大歓迎だった。さらに、ドSにでも開眼してくれたりすれば、自分は一生しもべとして仕えてみせよう。

あお向けになっている拓海の腰に、綾音がまたがってきた。どこか遠慮がちだったし、なんだか恥ずかしそうでもあるので、ドSへの道は遠そうだった。それでも、今日こそは自分がリードするのだという意志が、表情から垣間《かいま》見える。

「こんなに硬くしちゃって……」

綾音はまず、反り返ったペニスの上から女陰を押しつけ、ヌルヌルとすべらせていった。

「わたしとエッチするの、そんなに興奮する？　それとも、お尻の穴を舐められたから？」

「ううう……」

拓海は首に筋を浮かべて身をよじった。ヌルリ、ヌルリ、と女陰がすべる感触が、いても立ってもいられなくなるほど気持ちいい。

「はっ、早くっ……」

顔を真っ赤にして声を絞りだす。

「早くっ……入れてっ……」

「そういうこと言われてると、焦《じ》らしたくなっちゃうな……」

綾音が腰を振る。肉竿の上で女の花をすべらせながら、股間からはみ出した亀頭をコチョコチョとくすぐってくる。

「おおおっ……」

拓海はのけぞって身をじった。早く入れてほしかった。女体とひとつになりたくて辛抱たまらず、顔から脂汗が噴きだしてくる。

「どこに入れたいの？」

「そっ、それはっ……」

「言ってごらん」

「……オッ、オマンコッ……綾音さんのっ……」

「やだっ……」

綾音が蕩《とろ》けた顔でささやく。

「わたしもっ……我慢できなくなってきたっ……」

腰を浮かせ、勃起しきったペニスに手を添える。切っ先を花園に導いて、大きく息を呑む。

視線が合った。綾音は息を呑んだまま、ゆっくりと腰を落としてきた。拓海も呼吸を忘れている。亀頭が割れ目に咥えこまれる。ヌメヌメした肉ひだが、ペニスに吸いついてくる。

「んんんっ……んんんんーっ！」

綾音が最後まで腰を落としきった。紅潮した頬をひきつらせ、こちらを見つめてくる。拓海も見つめ返す。綾音が腰を動かしはじめる。ゆっくりと、股間を前後に振りたてるように……。

「あああああーっ！」

綾音と一緒に、拓海も声をあげたかった。ようやく結合できた歓喜に、体中の細胞がざわめいていた。ずちゅっ、ぐちゅっ、と卑猥な肉ずれ音がたつ。その音が、自分たちが愛しあっているなによりの証左《しょうさ》だと思う。

だがしかし、もっと深く繋がりたい。綾音の腰使いは、あまりにも遠慮がちだった。

どう見ても、まだ本性を隠している。

「えっ……」

拓海が両膝をつかむと、綾音は小さく驚いた。拓海は彼女の両膝を立てさせ、和式トイレにしゃがみこむときの格好にうながしていく。

「いっ、いやよっ……恥ずかしいっ……」

羞じらう綾音の両脚を強引にM字に割りひろげると、結合感が深まった。奥の奥まで貫いている実感が訪れた。

「いっ、いやっ……いやあああっ……」

その実感は、綾音のほうが強かったようだ。遠慮がちに腰を使っていたときとは、あきらかに表情が変わった。男の上でM字開脚を披露し、結合部まで露わにしている羞恥に悶えつつも、感じていることを隠しきれない。

拓海は彼女の太腿を両手で支えつつ、下から腰を動かした。何度かぐいぐいとピストン運動を送りこんでやると、

「ああああーっ！　はぁああああああーっ！」

綾音は甲高い悲鳴をあげて、みずから動きだした。今度は股間を前後に動かすので

はなく、上下に動かした。勃起しきったペニスを、女の割れ目でしゃぶりあげるような感じだった。

その動きで、ペニスの先端をいちばん奥にぶつけている。子宮を亀頭で叩くように、体重を乗せて腰を落としてくる。

「ああっ、いやっ……いやいやいやいやああああっ……」

羞じらいに髪を振り乱しつつも、腰使いが熱を帯びていく。うさぎ跳びをするように、拓海の上で綾音は跳ねる。拓海は鋼鉄のように硬くなったペニスで、それを迎え撃つ。時折腰を浮かせてやれば、結合感は深まっていく一方だった。綾音が腰を落としてくるタイミングに合わせて、下から突きあげるのだ。

「ああっ、いいっ！　きっ、気持ちいいいいいーっ！」

大股開きでよがり泣く綾音の姿に、拓海は興奮しきっていく。腰を落としてくるたびに、たわわな肉房が大きくバウンドする。それに触れたくてたまらなくなったが、ただ手を伸ばすだけでは満足できそうもなかった。

上体を起こした。騎乗位から対面座位へと体位を変えた。

「あああっ……あああああっ……」

綾音がいまにも泣きだしそうな顔で抱きついてくるが、拓海の目的は乳房だった。両手で荒々しく揉みしだき、乳首を吸いしゃぶる。淡いピンク色をしているくせに、いやらしいくらい硬く尖っている。

「あああぁっ……はぁああああっ……」

綾音は腰を動かしつづけている。拓海にしがみついたぶん、自由に動けるようになったようで、取り憑かれたように股間を押しつけてくる。クイッ、クイッ、と股間をしゃくるピッチが、どんどん速くなっていく。

「おおおおっ……」

こみあげてくる快感に、拓海は乳房と戯れていられなくなった。綾音を抱きしめ、体を密着させた。お互いに汗をかいていた。素肌と素肌がすべる感触に、陶然《とうぜん》となった。

「ああっ、いやっ……イッ、イッちゃいそうっ……」

綾音の体が小刻みに震えだす。

「イッちゃうっ……ねえ、イッちゃうっ……イクイクッ……ああああっ……はぁああああーっ！」

拓海の腕の中で、綾音が全身をこわばらせる。腰の動きがにわかにとまり、力いっぱい拓海にしがみつきながら、五体の肉という肉を激しいまでに痙攣させはじめる。

「あああぁっ……ああああぁっ……」

絶頂を嚙みしめるように、豊満な太腿で拓海の体を挟んできた。痙攣はなかなかとまらない。絶頂に達してからゆうに一分以上、綾音はいやらしいまでに全身をくねらせ、震わせつづけていた。

5

「……ううぅっ」

綾音が裸身を弛緩《しかん》させると、拓海はあお向けに横たえた。

対面座位から正常位に体位を移した格好だ。

しかし、拓海にはまだ余裕があった。一週間ぶりのセックスだった。体力も精力も満タンにチャージされていたので、バックから思いきり突きあげたくなり、ペニスを抜いて、綾音の体をうつ伏せにひっくり返した。

「……エッチ」

綾音がピンク色に染まった顔で振り返る。

「拓海くんって、バック好きよね」

「そうですね」

思えば、童貞を捨てたときのフィニッシュもバックだった。もちろん、腰を振りあいながら顔を見られる体位も好きだが、バックには特別な思い入れがある。

おそらく、肛門に惹かれるのだ。

女が四つん這いになり、アヌスまでさらけだした格好は、これ以上なく無防備で、支配欲を満たされる。

拓海は尻の双丘を両手でつかみ、ぐいっと割りひろげた。桃色のアヌスは、蜜にまみれて艶《なま》めかしく濡れ光っていた。いや、白濁した本気汁さえ流れこんできている。

チュッ、と口づけをすると、

「あふっ」

綾音は振り返っていられなくなり、四つん這いの肢体をこわばらせた。またそこに愛撫が襲いかかってくると、身構えているのだ。軽いキスだけをするつもりだったが、期待されているなら応えなければならない。舌を差しだし、ねっとりと這わせていく。

「あああっ……んんんっ……」

慣れてきたのだろうか。綾音は過剰にくすぐったがることもなく、情感たっぷりに腰をくねらせる。あきらかに感じている。アヌスだけしか刺激していないのに、呼吸がどんどん昂ぶっていく。

「あのう……」

拓海はおずおずと声をかけた。

「こっちに入れてもいいですか？」

「……はあ？」

綾音が険しい表情で振り返る。

「こっちって……」

「お尻の穴」

「ばっ、馬鹿なこと言わないで……」

綾音は鼻で笑ったが、拓海が真剣な顔を崩さなかったので、やがて笑うのをやめた。

「アナルセックス、したことあります？」

「あるわけないでしょ」

「じゃあ初めてのアナルセックスを……してみたい」

拓海は言葉を切って綾音を見つめた。綾音も見つめ返してくる。ふたりの間で、不穏な空気が揺れる。言葉にはできなかったが、ここで綾音のアナル処女を奪うことには大きな意味があると思った。彼女が元夫と裸で寝ていた、このベッドの上で……。

「……いいわよ」

綾音は溜息まじりにうなずいた。

「そんなにしたいなら、好きにすればいい……」

「ちょっと痛いかもしれませんよ」

「痛くないようにして」

怒ったように言いつつも、眼の下が淫らに紅潮していた。好奇心が疼いているようだった。お堅いキャリアウーマンに見えて、綾音はセックスが嫌いではない。感じやすいし、イキやすい。苦手だと思われたアナル舐めも、慣れれば克服することができた。未知の刺激を味わってみるのも悪くない、と思っているように見えた。

「じゃあ……いきますよ」

拓海はペニスを握りしめた。ペニスもまた、綾音が漏らした蜜と本気汁でネトネトに濡れていた。一秒ごとに鼓動が大きくなっていくのを感じながら、切っ先を桃色のすぼまりにあてがっていく。

綾音は前を向いているので、顔色をうかがうことはできなかった。彼女はいま、どんなことを考えているのか。二度目の処女を奪われる心境だろうか。それとも、アナルセックスの快感に思いを馳せてドキドキしているのか……。

「あああああーっ！」

ぐっと腰を前に送りだすと、綾音は悲鳴をあげた。まだ入っていなかった。たしかにそこに穴があるはずなのに、堅い関門がペニスの侵入を拒んでいる。

そもそも性器ではないのだから、拒まれて当然だった。しかし、諦めるわけにはいかない。綾音の「初めて」の男になりたい。この体に、自分だけの爪痕を残したい。男のエゴかもしれなかったが、拓海はもう、その気持ちをとめられなかった。

「むっ……むむむっ……」

顔中から脂汗を流しながら、なんとか入っていこうとする。その狭い穴を、ずっぽりと貫くことをイメージし、体をイメージに近づけていく。

「あっ……あおおおっ……」

綾音が低い悲鳴をあげた。いままで聞いたことのない、地の底から響いてくるような声だった。

「あおおおっ……あおおおおおっ……」

拓海は果敢に攻めていく。すぼまりは本気汁と唾液でべっとりだったし、亀頭だってヌルヌルだ。入れられないことはないはずだと、自分に自分に言い聞かせる。ねじりこむようにして、なんとか先っぽを埋めこんでいく。

「むっ、無理よっ！」

綾音が叫んだ。

「それ以上は無理っ……もう入らないっ……やめてっ……もうやめてっ……ひっ、ひぎぃっ！」

むりむりとすぼまりを押しひろげて、なんとか亀頭を埋めこんだ。カリのくびれを通過すると、そこから先は楽だった。アヌスの構造は、肉ひだのびっしりつまったヴァギナとは全然違った。入口はきつく締まっているけれど、中はぽっかりした空洞になっている。

最後まで入れると、どうしていいかわからなくなった。根元を締めつける力が強すぎて、前の穴で結合したときのようにピストン運動なんてとてもできない。

「うっ、動かないでっ……」

わなわなと背中を震わせながら、綾音が言った。

「動いたらっ……動いたらお尻が壊れるっ……」

彼女の感じている恐怖は、拓海にも理解できた。ならば抜いてしまおうかとも思ったが、苦労して挿入したことを考えるとなかなか決断できなかった。かといって、じっとしているのもつらかったので、拓海は両手を伸ばした。後ろから双乳をすくいあげ、やわやわと揉みしだいた。

「あああああっ……」

乳首をつまみあげると、綾音は上体を起こしてきた。バックスタイルから、背面座位のように体勢が変わっていった。

これがよかった。腰を動かさなくても、様々な愛撫ができるからだ。乳首をいじったり、クリトリスを刺激したり……。

「ああああっ……はぁああああっ……」

お互い動けないながらも、綾音はあえぎはじめた。アヌスにペニスが埋まっているせいか、かなり感じているようだった。アヌスの食い締めはきつかったので、拓海にもそれなりの快感はあった。いや、動けないことがむしろ、興奮を誘ってきたところもある。

それでも最初は、ふたりとも怖々《こわごわ》として、脂汗を流しながら身をよじりあっていた。汗の量は、綾音のほうが遥かに多かった。素肌の火照り具合もそうだ。なにしろ、入れてはいけない場所に、太々と膨張した肉の棒を入れられているのである。

拓海は必死に乳首をいじり、クリトリスを指で撫で転がした。無の境地で愛撫に没頭した。すると次第に、綾音の腰が動きはじめた。クリへの刺激でビクッとしたことが呼び水となり、ペニスを咥えこんだヒップを揺すりはじめたのである。

「おおおおっ……」

拓海はだらしない声をもらした。最初はただきつかったアヌスの締まりを、次第に快感としてとらえることができようになってきた。綾音も感じている。息のはずませ方が尋常ではなく、体の震えもとまらない。

拓海は思いきって、閉じている綾音の両脚をひろげていった。と同時に、自分も正座のような体勢から、あぐらのように脚を崩す。

「あおおおおっ……」

自分の全体重がアヌスにかかると、綾音はのけぞって声をあげた。拓海は左手で乳房をつかみつつ、右手をクリトリスのさらに下へと這わせていく。普段結合に使っている肉の穴が、いまはすっかり空いている。

「はっ、はぁおおおおーっ！」

ずぶずぶと指を埋めこんでいくと、綾音は獣じみた悲鳴を放った。体温が、一気に二、三度あがったような感じがした。ペニスでアヌスを埋めながら、前の穴を掻き混ぜているのだ。すさまじい刺激であることは、想像に難くない。アヌスを舐められながら花びらをいじられるのとはあきらかに違う、異次元の快楽を味わっているに違いない。

「ダッ、ダメッ……ダメようっ……」

真っ赤に染まった首を振り、長い黒髪を波打たせる。

「こっ、こんなのダメッ……こんなのダメえええええーっ！」

叫びながらも、腰が動いている。前で結合するときとは比べものにならないが、それでも必死にヒップをバウンドさせている。

「むううっ……」

ペニスにかかるきつい締めつけが、拓海の顔を燃えるように熱くする。自分からは腰を動かせない体勢が逆に、いつもとはまったく違う快楽の扉を開けていく。腰を動かす代わりに蜜壷に埋めた指を動かせば、綾音の体は痙攣を始める。激しく動きたくても動けない状況に、綾音も興奮しきっている。ぐちゅぐちゅと音をたてて掻き混ぜてやる。そうしつつ、クリトリスまで指でいじる。

「あああああーっ！」

綾香が突然、炎を吐くような勢いで悲鳴を放った。

「イッ、イキそうっ……まっ、またイキそうっ……イッちゃいそうっ……」

「お尻の穴でイクんですか？」

拓海は脂汗を流しながら声を絞る。

「お尻の穴でイッちゃうんですか、綾音さんっ！」

「あああっ……はぁあああああーっ！」

綾音はもはや、言葉を返せないほどの熱狂の中にいる。全身にすさまじい汗をかいている。指を埋めこんだ蜜壷は、掻きだしても掻きだしても新鮮な発情のエキスを漏らすのをやめない。

「ダッ、ダメッ……もうダメッ……」

綾音の動きが限界まで切迫した。

「もうイクッ……またイクッ……我慢できないっ……お尻でっ……お尻でイッちゃうううう一っ！」

ビクンッ、ビクンッ、と腰を跳ねあげて、綾音は絶頂に駆けあがっていった。同時に、拓海にも我慢の限界が訪れた。

「でっ、出るっ……もう出るっ……」

「ああっ、出してっ！　お尻に出してえええええ一っ！」

「おおおうううう一っ！」

雄叫《おたけ》びをあげて、煮えたぎる欲望のエキスを放った。その瞬間、頭の中が真っ白になった。眼が見えず、音が聞こえなくなった。ドクンッ、ドクンッ、という射精の発作だけを感じていた。

腕の中で、汗まみれの女が身をよじっていることもわかっていた。彼女と恍惚《こうこつ》を分かちあっていることは間違いなかった。アナルセックスはアブノーマルプレイには違いないが、心はピュアだった。綾音を愛する気持ちを嚙みしめながら、拓海はいつ果てるかわからないほど長い射精の快楽に溺れていた。

エピローグ

テーブルの上に一枚の写真が置かれている。

「ちぇっ……」

拓海は舌打ちした。

「アゴアシつきで結婚式にご招待の話は、どうなっちゃったんだろう？」

純白のウエディングドレスの女と、銀色のタキシードの男——ふたりの背景にそびえたつのは、古城のようなイギリスの教会。

千奈から送られてきた写真だった。

結局、ふたりきりで結婚式を挙げたらしい。心変わりの早さに千奈の両親は呆れ果て、式への参加を断固拒否したという。それに足並みを揃えた拓海の両親の話によれば、相手の男も離婚に際して多大な労力とお金を使ったらしい。

それでも、純白のウエディングドレスに身を包んだ千奈は、天使のように微笑んでいた。誰はばかることなく幸せを嚙みしめた表情がまぶしすぎて、拓海は眼を細めずにはいられない。

短い手紙が添えられていた。

――一度きりの人生なんだから、自分の好きなように生きないとね。彼にはたくさん借金させちゃったけど、これからわたしも稼いで一緒に返していくつもり。イギリスで家政婦、面白そうでしょ？ たしかに面白そうだし、千奈なら間違いなく成功するだろう。

――キミも早くいい人をつくって、こっちに遊びにきなさい。なんなら結婚式もこっちで挙げればいい。ホントに素敵だから。

拓海は想像した。恋人が純白のウエディングドレスに身を包み、幸せな花嫁になっている場面だ。さぞや綺麗なことだろう。なにしろ美人なのだ。自分にはもったいないほどの……。

玄関が開く気配がし、足音がこちらに向かってきた。恋人のご帰還である。

「お帰りなさーい」

拓海は笑顔で迎えたが、綾音の表情は険しかった。

「玄関の砂埃すごいわよ、ちゃんと掃除してる」

「えっ……そうでした？」

拓海はとぼけた。たしかに今日は、玄関の掃除はしていない。いや、そういえば昨日も……。

「あんた、ここんところ掃除に手抜きが目立つわね」

「いやいや……仕事が忙しいんですよ。毎日三軒も四軒も掃除してまわってるんですから、家のほうは多少手を抜かせてもらっても……いいかなって……」

「立ちなさい」

すごい眼で睨まれ、拓海はおずおずと腰をあげた。言われる前に、背筋を伸ばして気をつけをする。それが綾音に説教をされるときの、いつものスタイルだった。

「あんた、この部屋に転がりこんでくるとき、約束したわよね？　毎日ピカピカに掃除するって」

「……はい」

「その代わり、家賃は免除してあげるってわたしは言いました」

「……そうですね」

「できてない」

「いや、だから……」

「言い訳しない！」

ピシッ、とお尻を叩かれた。

「男が一度約束したことを、たったの半年で反故《ほご》にしていいと思ってるの？」

「……明日から頑張ります」

「今日から頑張りなさい！」

もう一度、お尻に平手が飛んでくる。

同棲を始めて半年あまり、綾音は日に日に凶暴になっていくようだ。いつも不機嫌そうな顔をして、気にくわないことがあるとすぐに睨んでくる。気をつけをさせられ、尻を叩かれる。

拓海は気にしていなかった。むしろ、美人は怒った顔も美人なので、それを眺められるのは眼福である。

だいたい、綾音は幸せに照れているだけなのだ。プリプリ怒った顔をしていても、ベッドに入るとシュンとする。「さっきはごめんね」と言いながら、猫のように甘えてくる。

どこまでも不器用な女なのである。

「とっ、とりあえず、ごはんにしませんか？　カレーつくりましたから」

「カレーですって？」

綾音の切れ長の眼がひときわ吊りあがる。

「あんた、料理まで手抜きになってるじゃないの。イタリアンのシェフを目指したから、料理もまかせてくださいって言ったわよね」

「……カレーが食べたかったんですよ」

「だったらせめて、気の利いたサラダとかつけて。まずその前に、玄関の掃除をしてからね。わたしはお風呂に入るけど、出るまでに準備万端整えておいて」

「……おまかせください」

拓海は小声で言ったが、綾音はそれを聞くことなくバスルームに向かっていった。

「なんだよ、せっかく千奈姉ぇの花嫁姿を見せてあげようと思ったのに」

ふて腐れたように言いつつも、頬が緩んでしまう。綾音が怒りっぽいと、逆に燃えてくる。ベッドでたっぷり復讐してやりたくなる。このところ、綾音のほうもそれを期待して、どうでもいいようなことで怒っているような節がある。

今夜は久しぶりにアナルセックスを決めてやろう——拓海は胸を躍らせながら、掃除をするために玄関に向かった。

（了）

※本作品はフィクションです。
作品内の人名、地名、団体名等は
実在のものとは関係ありません。

長編小説
まかせて人妻《ひとづま》
草凪《くさなぎ》優《ゆう》

2017年9月26日　初版第一刷発行

ブックデザイン……………………… 橋元浩明(sowhat.Inc.)

発行人…………………………………… 後藤明信
発行所………………………………… 株式会社竹書房
〒102-0072　東京都千代田区飯田橋2－7－3
電話　03-3264-1576（代表）
03-3234-6301（編集）
http://www.takeshobo.co.jp
印刷・製本……………………………… 凸版印刷株式会社

ISBN978-4-8019-1214-4　C0193